그럼에도
육아

나를 덜어
나를 채우는
삶에 대하여

그럼에도
육아

정지우 지음

한 시절의 마음을
고스란히 담는 일

아이가 우리 품에 온 지도 어느덧 적지 않은 세월이 흘렀다. 여전히 아이가 우리에게 왔던 첫 여름이 생생하게 생각난다. 삶에서 처음 경험해 본 낯선 공기, 어딘지 설레면서도 긴장되기도 했던 마음, 방 한 편을 채우고 있던 존재감과 약간의 어수선함이 떠오른다. 세상의 빛을 처음 만난 한 존재를 온 마음 다해 보호하고 사랑하던 시절, 아이와 함께 세상을 거닐며 마치 나도 모든 게 처음인 양, 떨어지는 낙엽을 만나고 수북이 쌓인 눈을 만지고 흩날리는 벚꽃을 맞던 날들이 꿈처럼 기억난다.

여러모로 결혼이나 육아의 어려움, 심지어 불가능성에 대한 이야기들이 심심찮게 이루어지는 요즘이다. 우리나라는 전 세계에서 가장 아이가 태어나지 않는 나라가 되기도 했다. 사실, 아내와 나도 정작 아이가 생기기 전까지는 아이 키우는 일에 대해 거의 생각해본 적도, 이야기 나눠본 적도 없었다. 우리도 딱히 계획적으로 아이를 가진 건 아니었기 때문에, 아이가 찾아왔다고 했을 때는 깜짝 놀라서 태명을 '띵똥'이라고 짓기도 했다. 갑자기 초인종을 '띵똥'하고 누르듯 찾아온 듯해서였다.

당시 나는 직장이 없는 수험생이기도 했고 여러모로 상황이 불안정했기 때문에 주변으로부터 걱정 어린 소리도 많이 들었다. 어렵거나 힘들지 않았다고 한다면 거짓말이지만, 그래도 아내와 나는 한순간도 그 시절의 일을 후회한 적 없다. 번복하기에는 너무도 소중한 시절을 보냈기 때문이다. 어느 모로 보나 완벽한 시절이었다고 할 수는 없었고, 제대로 준비가 되었다고는 더더욱 할 수 없었지만, 우리는 모든 게 새로웠던 그 시절을 진심으로 사랑했다.

세월은 흐르고, 내가 책상에서 공부하는 동안 내 다리 위에서 강아지처럼 잠들던 아이도 이제는 온몸으로 껴안지 않으면 안 될 정도로 커버렸다. 그럼에도 여전히 육아는 이어지고 있다. 예전에는 어디까지나 아이에게 무엇이든 일방적으로 '해주어야' 하는 입장이었다면, 이제는 무엇이든 함께 '하는' 것으로 바뀌었다. 아이를 안고 미끄럼틀을 타고, 아이의 모래 놀이를 옆에서 도와주고, 물놀이 하는 아이가 미끄러지지 않도록 잡아주던 때가 있었다. 그러나 이제는 아이랑 진심으로 달리기 시합을 하고, 카드놀이나 끝말잇기 놀이를 하고, 수영 시합 흉내를 내기도 한다. 아이의 삶이 달라지듯, 그렇게 내 삶도 함께 달라진다.

이 책에 실린 글들은 내게 가장 소중한 글들이다. 물론, 글 쓰는 사람이라면, 모든 글이 자신의 자식처럼 소중하게 느껴질 것이다. 그러나 그 중에서도 유난히 아끼게 되는 글도 있기 마련이다.

《그럼에도 육아》는 내가 가장 아끼는 글들을 모은 책이다. 그럴 수밖에 없다. 여기에는 한 톨의 거짓도 없이, 나의 온전한 진실들이, 어느 시절의 가장 소중한 마음들이 담겼기 때문이다. 죽을 때 나는 나의 한 시절이 고스란히 담긴 이 글들을 품에 안고 눈을 감고 싶다.

*

꽤 여러 권의 책을 써왔지만, 책이 세상에 나올 때면 무척 설레는 기분이 든다. 나는 매일 글을 쓴다. 그렇게 쓰는 글들은 시간의 틈을 짜내어 어떻게든 그날의 감상 같은 것들을 풀어놓는 일이다. 반면, 책을 만드는 과정의 느낌은 전혀 다르다. 흩어져 있던 글들을 모아 고이 모시듯 정돈하고, 정갈하게 다듬고, 지우고, 추가하고, 새로 쓰면서 소중한 사람을 위해 주는 선물을 준비하는 일이다.

살아가는 일이란, 대개 매일의 임기응변으로 이루어진다. 갑자기 아이가 밤에 열이 나고,

구속되었다는 의뢰인의 사기 사건을 맡게 되고, 강의나 인터뷰 요청을 받고, 타이어에 펑크가 난다. 한 해를 돌아보면, 그렇게 해치우듯 채워진 나날들로 가득하다. 내게 글쓰기는 그런 일들의 틈새에서 피어난, 돌담 속 민들레 같은 것이다. 책 쓰기란, 그런 민들레 꽃들을 꺾어 꽃다발로 만드는 일이다. 그런데 육아 또한 그와 꼭 닮았다.

육아는 정신없는 날들을 구성하기도 하지만, 동시에 그런 나날들 속에 핀 꽃과 같다. 온갖 집안일, 돈 문제, 현실에서의 경력과 투쟁 등에 시달리다가도 나는 아이 손을 잡고 공원으로 달려나가 햇빛을 맞이하곤 했다. 우리 셋만의 바닷가를 찾아가기도 했다. 그러면 모든 게 사라지고, 내 앞에는 내가 사랑하는 이의 웃음과 태양과 바다만 남는 것이었다. 그런 나날들이 스냅 사진처럼 나의 글로 남아 있고, 나는 그런 나날들을 엮어 책을 만든다. 이렇게 한 권의 책이 나온다는 게 역시 감개무량하다.

이번 책은 무엇보다 삶에서 가장 큰 사

건이라 할 수 있는, 운석이 떨어진 이후 지구에서의 삶처럼 전혀 다른 세계가 도래하는 이 '육아'를 하는 사람들에게 전하고 싶은 마음이 있다. 육아라는 전대미문의 사건을 맞닥뜨린 사람들에게, 그 시간의 가치를 함께 보고 어루만지자고 건네는 선물 같은 느낌이 든다.

이 책의 제목이자 첫 장에 실린 글의 제목 '그럼에도 육아'는 지금껏 10년이 넘는 시간 동안 칼럼을 써오면서, 내 작가 인생에서 가장 많이 읽힌 칼럼 제목이다. 온라인 기사에 들어가보면, 이 칼럼에 댓글을 달려고 회원가입을 했다는 댓글이 정말 많은데, 댓글 하나하나가 라디오 사연 같아서 읽다가 눈시울이 붉어지기도 했다. 이 칼럼을 잘 읽었다는 연락을 여기저기서 어찌나 받았는지, 10년 전의 후배도 맘카페에서 봤다며 연락이 오고, 아내의 동창도 약사 단톡방에서 봤다며 연락이 왔다. 그런 고마운 연락들이 이 책을 내겠다고 마음 먹게 된 계기가 되었다.

〈그럼에도 육아〉를 필두로, 나는 육아

에서 느끼고 경험하고 얻었던 모든 가치에 대해 이 책에 담으려 했다. 교정을 보면서, 계속 들었던 생각은 이 글들을 남겨놓길 정말 잘했다는 것이었다. 나는 종종 내가 세상을 떠난 이후에 대해서도 생각하는데, 나의 아이가 이 책을 집어들 생각을 해보기도 한다. 그러면 역시, 글 쓰길 잘했다, 육아하길 잘했다, 아이를 만나서 다행이었다, 그래서 태어나길 잘했다, 그런 생각을 하게 된다. 그렇기에 누군가 이 책을 읽고, 자신의 시절을 글로 남기고자 마음먹게 된다면, 더할 나위 없이 기쁠 것 같다.

*

내 삶에 가장 소중한 글을 남기게 해준 아이에게, 또 그 여정을 함께한 아내에게 고맙다. 더불어 이 선물 포장지를 함께 골라주고 고이 포장하는 데 함께해준 편집자님께 감사드린다. 나아가 틈틈이 남겨온 글들을 뜻깊게 읽어주고 그 마음을 전해주었던 세상의 모든 독자분들이 없었다면, 이 책도 세상에 나오지 못했을 것이다. 그 모든 마음에 감사하다.

　　마지막으로, 삶에서 가장 그리울 시절을
보내고 있을 당신께, 이 책을 전한다.

　　　　　　　　　　　　2024년 봄,

　　　　　　　　　　　　정지우

차례

1부 아이라는 낯선 세계로

2부　서로에게 배우는 시간

3부 사랑을 덧칠하는 삶

1부

아이라는 낯선 세계로

그럼에도
육아

　　요즘 같은 시대에 아이를 낳고 키우는 것은 여러모로 권유되지 않는다. 아이를 배척하는 분위기, 무한 경쟁사회에서의 양육비 같은 것들이 모두 저출산을 장려하고 있는 듯하다. 경력 단절 문제도 심각하고, 양가의 도움이 없는 맞벌이 부부들은 거의 초인적인 능력을 발휘해야만 아이를 키울 수 있다고도 한다. 그 수많은 문제에 깊이 공감하고 있다.

　　아내와 나는 연고 없는 도시에서 거의 누구의 도움도 없이 아이 하나를 키우고 있다. 아내는 육아와 관련된 업무 조정 때문에 직장 상사 앞에서 눈물을 펑펑 쏟기도 했다. 둘이서 영화관에 가는 것은 1년에 한두 번도 힘들다.

그래서 주위에서 아이를 꼭 가져야 하느냐고 묻는 사람들에게, 당연히 꼭 그럴 필요는 없다고 답한다. 세상에는 다양한 기쁨과 의미가 있으니 아이 가지는 일에 집착할 필요는 없다고 말이다. 그러나 반대로, 다시 태어나도 아이를 가질 거냐는 질문을 받으면 아내와 나는 거의 이구동성으로 대답한다. 우리는 꼭 다시 아이랑 함께 살고 싶다고 말이다.

종종 나는 어린아이가 있는 젊은 부부로 살아가는 이 시절이 인생에서 가장 소중한 시절일지도 모른다고 생각한다. 영화 〈어바웃타임〉은 시간 여행을 할 수 있는 남자들의 이야기다. 영화에서 한 남자는 죽기 전 마지막 시간 여행으로, 어린 아들과 함께 해변을 달리던 순간으로 돌아가기를 택한다. 사실 예전에 영화를 봤을 때만 해도 그 장면이 잘 와닿지는 않았다. 그러나 이제는 알 것 같기도 하다.

　　나무에 달라붙은 매미처럼 부모를 사랑하는 아이가 있는 시절, 나는 삶의 모든 것을 새로이 경험한다. 한 번도 의지로는 뛰어들어본 적 없는 갯벌에 벌써 몇 번째 들어가는지 모르겠다. 운동을 싫어하는 내가 20년 만에 다시 축구를 하고, 숨이 차오를 때까지 아이랑 달리기 시합을 한다. 언제나 앉아서 커피를 마시며 풍경을 바라보는 것을 좋아했던 내가 그 어떤 시절보다 활동적이다.

　　아이는 내가 세상에서 가장 쉽게 행복하게 만들어줄 수 있는 존재다. 그냥 같이 누워서 떠오르는 대로 상상한 이야기를 들려주면 아이는 좋아서 깔깔대며 계속 더 이야기해달라고 한다. 그래서 아이 역시 나를 세상에서 가장 쉽게 행복하게 만들어준다. 아이가 있어서 아내와 나는 하루에 수십 번, 수백 번을 너무 쉽게 웃는다. 우리는 이 시절이 너무 짧다는 것을 매번 의식하고, 그래서 자주 슬퍼진다.

　　온 마음을 바닥까지 박박 긁어 다 꺼내

어 사랑해도 되는 시절, 숨이 차오르고 심장이 쿵
쾅쿵쾅댈 만큼 사랑해도 되는 시절, 끌어안고 비비
고 뽀뽀하고 깔깔대는 시절, 아무리 사랑해도 도망
갈 리 없고 서로에게서 도망칠 수도 없는 시절, 사
랑이 강요가 되어 갇혀버린 무인도의 시절, 내 영
혼을 털어내듯 걱정하고 보호하는 시절, 이런 시절
은 인생에 잠시 주어진다.

　　　인생에 한 번, 이렇게 서로에게 완전히
구속되어 꽁꽁 묶인 채로 무한히 서로를 온 마음으
로 다 사랑하라는 명령이 떨어진 이런 시절을 살아
볼 가치가 있다고 느낀다. 이 시절이 끝나고 나면
다소 의연해지는 때가 올지도 모르겠다. 그때가 되
면 나도 갯벌 앞의 카페에 앉아, 저 갯벌에 아이 손
을 잡고 뛰어들던 시절을 무한히 그리워할 것 같
다. 셋이서 온몸에 진흙을 묻혀가며 깔깔대던 날들
이 영원히 사라져서 그저 내 안에 희미한 영상으로
머물다가 그조차도 완전히 사라질 것을 담담히 받
아들이고 있을 듯하다.

　　　신이 있다면, 신은 우리에게 잠시 온 영

혼을 고갈시키듯이 사랑하라고 아이가 있는 한 시절을 주는 것 같다. 한 번 사는 인생, 그렇게 사랑할 시절을 가지라고, 삶의 가장 깊은 정수를 한 모금 마시고 돌아오라고 말이다. 그리고 나는 생각한다. 삶이 어려운 것은 그만큼 가치 있기 때문이라고, 가치 있는 모든 것은 어렵다고 말이다. 삶의 어려움이 아이와 살아가는 삶의 가치를 훼손할 수는 없다고 생각한다.

탄생이라는
비가역적 사건 앞에서

　　아이의 탄생은 많은 부부들을 시험에 들게 하는 듯하다. 그 이전까지 모든 선택은 번복할 수 있었고, 도망치자면 도망칠 수 있었지만, 아이가 눈앞에 태어나는 순간, 부모는 이제 배수의 진이 없어졌다는 걸 깨닫게 된다. 내가 선택한 이 삶, 이 사람과 함께 이 아이랑 살아가고자 했던 그 선택은 결코 틀려서는 안 되는 무엇이 된다. 아이의 탄생은 돌이킬 수 없기 때문이다.

　　사실 처음에는 이 엄청난 변화를 잘 깨닫지 못하기도 한다. 종종 자기도 모르게 어떤 불안에 휩싸이거나, 이상하게 배우자에 대한 의심과 불만도 많아지고, 자기 자신에 대한 자괴감 같은 것에도 사로잡힐 뿐이다. 이제 내 곁에 있는 이 사람은 반드시 괜찮은 남편 혹은 아내, 반드시 좋은 엄마 혹은 아빠에 어울리는 사람이어야만 한다. 그러니 어떤 사소한 차이나 문제, 불만이 발견될 때면 그 이전보다 훨씬 과민 반응을 보이게 되는 것이다. 이제 웬만해서는 인생을 번복할 수 없기 때문이다.

이 비가역적인 사건 앞에서, 때때로 그 중압감을 견디지 못하는 순간들도 온다. 지금까지 모든 선택은 되돌릴 수 있었다. 진학, 취업, 연애, 심지어 결혼까지도 되돌릴 수 있는 '가능성'이 있다. 사실 그 '가능성'이야말로 인간에겐 어떤 숨구멍이 된다. 그러나 아이의 탄생은 결코 되돌릴 수 없기에, 그 전무후무한 사건 앞에서 부부들은 달라지고, 변해버리고, 혼란스러워하고, 방황하기도 한다.

그런데 인간이 지닌 가장 놀라운 능력이

있다면, 인간에게 적응 못할 상황이란 없다는 점일 것이다. 빅터 프랭클은 《죽음의 수용소에서》라는 자전적 수기에서 정확히 그렇게 쓴다. 유대인이 학살당한 아우슈비츠 수용소에서의 경험을 이야기하며, 인간은 어떠한 상황에도 적응한다는 걸 알게 되고야 말았다고 말이다. 그는 매일 옆 사람이나 가족이 죽어나가는 극도로 열악한 환경에도 인간이 결국 적응해내고야 만다는 것을 깨달았다. 아이의 탄생이 아무리 걱정이나 불안을 동반한다 할지라도, 죽음의 수용소에 비할 바는 아니다. 엄마와 아빠가 된 우리도 결국 받아들이고 적응하게 된다.

그때부터는 우리에게 필요한 것이 다른 종류의 태도였다는 걸 알게 된다. 숨구멍 같은 '가능성'을 열어두는 것, 언제든 의심하고 도망칠 준비를 하거나 여지를 남겨놓고 '거리'를 둔 채 관계 맺는 게 아니라, 그 반대로 거리를 좁히며 서로에게 스며들어가는 삶이 시작된다는 걸 알게 된다. '함께 살아감'이라는 걸 위해 집요하게 서로를 이해하면서, 타협하고, 맞추어나가고, 서로를 고쳐나가면서 더 나은 삶으로 '같이' 가야 하는 삶의 방식이 도래했다는 걸 느끼게 된다. 이제 삶은 내 것 또는 네 것 사이의 거리 조절이 아니라, 우리의 것을 함께 만드는 일이라는 걸 말이다.

그러면서 차차 알게 되는 진실은 인생이란 사실 가역적이라 믿었지만 그 본질은 비가역적인 것에 가까울지도 모른다는 것이다. 도망치면 돼, 다른 걸 선택하면 돼, 다시 시작하면 그만이야, 라는 태도로 언제까지 살아가기보다는, 오늘의 선택은 번복할 수 없이 몇 년 뒤의 삶이 되고 그렇게 삶이 쌓여간다는 걸 받아들일 때 어쩌면 '진짜 삶'이 시작된다는 걸 말이다. 매일의 선택을 책임지면서 감내하고자 할 때 삶의 완전히 다른 측면이 드러나고, 그것이 '진짜 삶'으로 가는 여정일지 모른다는 걸 말이다.

나는 세상의 모든 엄마 아빠들을 응원한다. 그 한 생명을 책임지게 된 비가역적인 순간 앞에서, 그 새로운 여정을 우리가 기꺼이 잘 해낼 수 있었으면 한다. 누가 뭐라고 해도 어느 작은 생명

을 보호하고 돌보고 지켜내는 일의 가치는 부정할
수 없다. 어렵지만 함께인 삶을 알게 되는 그 여정,
믿음을 이해하고 의존을 받아들이며, 그래서 삶의
또 다른 단계를 걷는 그 함께함의 여정을 응원한다.
나는 그렇게 우리들이 어른이 된 것을 축하한다.

낯선 세계로의
입성

처음 아이가 태어났을 때, 삶이 다른 세계로 흘러간 듯했다. 전에 없던 생명이 집 안에 살아 숨 쉬기 시작하고, 그 존재의 울음 하나, 숨결 하나에도 귀를 기울이며, 마치 지구가 태양 주위를 돌 듯 아이 주위로 돌아가는 태양계 같은 삶이 시작되었다. 그때의 집 안을 채우던 그 설렘과 두려움, 낯섦이 여전히 생생하다.

이 세상에 나온 지 얼마 되지 않은 때의 아이는 거의 매 순간 부모를 필요로 했다. 2~3시간에 한 번씩 수유를 하고, 하루에도 열 번씩은 기저

귀를 갈았던 것 같다. 매일 씻기면서도 아이가 목을 가누지 못해 행여나 부서지지나 않을까 조심스럽게 다루어야 했다. 그중에서도 가장 어려웠던 건 아무래도 '잠'이 아니었나 싶다.

　　아이는 대략 생후 100일 전까지는 '통으로' 잠을 자지 못하고 2~3시간에 한 번씩 깨기 때문에 이 시기에 가장 힘들었던 건 우리 역시 잠을 자지 못한다는 점이었다. 처음에는 아내랑 임기응변으로 대처했지만, 점점 그럴 문제가 아니라는 걸 깨달았다. 매일이 비몽사몽 중에 흘렀다. 그래서 아예 새벽은 내가 맡고, 아침부터는 아내가 맡기로 하면서 새벽과 아침 담당을 나누었다. 나는 대개 새벽 4~5시에 '마지막 수유'를 하고 잠을 자고, 아내는 아침 6시쯤 '첫 수유'를 하면서 하루를 시작했다.

　　아이가 태어났던 때는 정확히 내가 로스쿨 1학년생일 때였다. 나는 처음 하는 공부에 허우적거리고 있었고, 아내는 휴직을 했으니 그야말로 정신도 돈도 시간도 없을 때였다. 나는 공부에 적응하면서, 최소한의 생활비를 벌기 위해 칼럼을 쓰거나 강의를 다니고, 신생아 육아까지 하고 있었다. 아내는 아내대로 나를 따라 연고 없는 낯선 지방에 와서 아이만 돌보고 있으니 산후우울증이 심해지고 있었다.

그 시절을 다시 살아내라고 하면, 솔직히 자신은 없다. 고생스러웠던 건 사실이고, 하루하루 아내의 우울과 수면 부족과 체력 부족으로 인해 일종의 거대한 '늪' 속에 있었던 것 같다는 생각도 든다. 그럼에도 사실 그런 기억은 거의 희미해졌다.

오히려 선명한 건 햇볕이 드는 오후, 수유 쿠션에 누워 두 팔을 날개처럼 파닥거리며 웃던 아이의 얼굴이다. 우리는 그 모든 고생에 대한 보상처럼, 당시 삶에서 너무도 귀한 순간들을 선물받았다고 생각한다. 아이가 눈을 한 번 깜빡거릴 때마다 우리는 깔깔대며 웃었다. 아이를 재워두고 둘이서 TV를 보다가도, "아기 구경하러 가자!" 하면서 방으로 쪼르르 달려가 자는 아이의 볼을 찔러보던 기억이 생생하다. 처음 목욕시킬 때는 뽀얀 아이를 비누 푼 목욕물에 넣어두니 마치 하얀 닭백숙같아 재밌었던 기억이 난다. 또 한번은 기저귀를 갈다가 아이가 오줌을 싸는 바람에 얼굴에 맞아버린 적도 있는데, 누군가는 소리를 지르며 절망적인 기분을 느낄 수도 있겠지만, 우리는 재밌다며 깔깔 웃었다.

　　힘겹다고 항상 불행한 건 아니었다. 아이가 처음 기어다니고, 일어서서 걷고, 침대를 굴러다니며 함께 장난치고 웃던 날들은 '불행했다'라는 단어 하나로 덮어버릴 수 있는 것들이 아니었다. 당시의 어려움이 삶을 뒤덮는 검은 천막 같은 것이었다면, 오히려 우리에게는 그 검은 천막을 뚫고 나가는 한줄기 빛이, 아무리 짓밟아도 꺼질 수 없는 공고한 빛이 있었다는 생각이 든다. 그 빛이 우리를 아주 명료하게 감싸고 있었고, 우리는 그 빛을 만지고 느끼고 사랑하며 천막 너머 낯설고 새로운 세계로 나설 수 있었다.

세상은 노키즈존
밖에도 있다

　　아이가 어릴 적에는 부모도 아이를 통제하기가 쉽지 않다. 처음 1~2년 정도는 사실상 통제나 훈육이 어려운 시기라고 볼 수도 있다. 혼내도 알아듣지 못하는 아이를 마냥 울지 말라거나 어지르지 말라고 훈육할 수는 없는 것이다. 그러다 보니 아이를 데리고 어딘가로 나설 때면 늘 긴장이 되었다.

　　아이가 태어나기 전에만 해도, 세상의 온갖 카페나 식당은 다 아내와 나에게 무척 자연스러운 공간이었다. 그러나 언제 울거나 웃으며 소리지를지 모르는 아이를 데리고 그런 곳에 들어가는 건 전혀 다른 차원의 문제였다. 그 자체로 눈치 보이고 신경 쓰였다. 당장 아이 기저귀를 갈아야 하는 경우도, 졸려서 칭얼거리는 아이를 재워야 하는 경우도 있었다. 그 전에 '노키즈존'으로부터 문전박대당한 적도 적지 않았다.

그래서 그때 가장 좋아했던 곳은 쇼핑몰이었다. 청춘 시절에는 거의 갈 일 없었던 곳이 쇼핑몰이었는데, 아이가 태어난 뒤로 세상에서 우리를 가장 환영하는 곳이 그나마 쇼핑몰이라는 생각이 들었다. 화장실에는 아이를 위한 시설까지 갖춰져 있고, 유모차를 대여할 수도 있고, 어느 식당이나 유모차가 진입하기 수월하고, 유아용 의자와 식기도 마련되어 있었다. 아장아장 걷기 시작한 아이와 함께 걷기에도 그렇게 안전하고 호의적인 곳이 드물었다.

그 시절 나는 이 세상의 각박함이라는 것도 많이 깨달았던 것 같다. 물론 세상에는 아이에게 호의적이고 친절한 무수한 사람들이 있었다.

그러나 아이가 칭얼댄다는 이유로 노려보거나 대놓고 싫은 소리를 하는 사람들도 있었다.

　　그럼에도 우리는 제법 꿋꿋하게 세상을 여행하는 법을 배웠다. 노키즈존 간판을 내건 식당에 문전박대당해도, 애써 마음을 가다듬고 우리가 행복하게 반나절을 보낼 수 있는 공간을 찾아 다녔다. 아이라는 존재를 혐오하는 어른들에 속이 상했다가도, 아무 이유 없이 아이를 환대하고 귀여워해주는 사람들로부터 치유받았다. 우리가 한 아이를 사랑하여 그를 품에 꼭 끌어안고 보호하면서 이 세상을 거닐 때, 우리는 세상을 견뎌내는 법을, 인생을 살아내는 법을 조금 더 잘 아는 어른이 되었다.

　　아이가 뜀박질을 하고 대화도 통하는 나이가 되었어도 여전히 우리는 나들이를 가거나 여행을 갈 때 아이를 가장 우선적으로 고려한다. 아무리 풍경이 멋지고 커피가 맛있는 곳일지라도, 아이가 휴대폰만 보고 앉아 있어야 하거나 애초에 문전박대당하는 곳이라면 갈 이유가 없다. 대신 아이가 조금 뛰어놀 수 있는 마당이 있는 카페라든지,

신기한 것을 함께 구경할 수 있는 곳, 함께 먹을 수 있는 음식이 있는 곳들을 찾는다. 그렇게 우리의 시야는 '나 자신'만 생각하던 것에서 타인을 고려하는 것으로, 나아가 아이의 눈높이에서 세상을 보는 것으로 확장된다.

아이라는 이 작고 여린 존재의 세상을 보는 건 때론 두렵고 불편하지만, 그래도 또 그로부터 배우는 세상에 대한 더 섬세한 시선들이 있다. 아이가 태어난 뒤로 나는 이 세상을 아이의 시선으로 보고, 이 세상이 아이들에게 더 다정하고 친숙한 곳이 되어야 한다고 믿게 되었다. 나의 삶에 타인의 시선이 하나 더해지면서, 나는 조금 더 세상을 올바르게 볼 줄 알게 되었다.

육아 인류
멸종 시대

아내와 이야기하다가 "우리는 정말 기적적으로 육아를 해내고 있는 것 같아" 하고 말했다. 지금 상황에서 하나의 요소만 어긋나도 육아가 불가능할 것 같은, 어떻게 보면 위태로운 상황에서 기적적으로 육아를 해내고 있는 것이다. 거의 운명이라고밖에 할 수 없는 절묘한 조건으로 매일 임기응변 같은 상황에서 육아를 이어왔다.

물질적으로나 실질적으로 양가의 도움을 거의 받지 않고, 사람 한 명 고용하지 않은 채 맞벌이 부부인 우리가 육아를 해내는 건 기적이다.

간신히 아내가 일찍 출퇴근하고, 나는 늦게 출퇴근하는 것으로 조정해 아이를 유치원에 보낼 수 있었다. 내가 아이를 유치원에 보내고 아내가 데려오는 생활이 아슬아슬하게 유지되었다. 또 급할 땐 어떻게든 연차를 쓸 수 있는 직장이었기 때문에 아이가 아프거나 할 땐 어느 정도 대처가 가능했다.

그런데 아침에 아이를 유치원에 보내기 위해 승합차를 기다리다 보면, 나를 제외하고는 예외 없이 모두 가정주부처럼 보이는 엄마들이 아이와 함께 기다린다. 육아휴직을 한 경우도 있긴 할 테지만 당장은 일을 쉬고 있는 것처럼 보인다. 아이가 더 어렸을 적에 문화센터에 데리고 다니던 때는 열에 아홉은 엄마나 할머니, 할아버지였다. "요즘처럼 좋은 시대에 아이 키우려고 누가 직장을 그만둬?"라는 얘기를 얼마 전에 들었는데, 얼마나 시대착오적인 이야기인지를 체감할 수 있다.

대기업이나 정부 기관 등 몇몇 큰 조직들은 직원 수가 여유 있는 편이어서 육아휴직이나 휴가 등에 비교적 자유로운 경우도 있다. 그러나 우리나라 고용의 대부분을 담당하는 중소기업은 그렇지 못한 경우가 많다. 대개 육아와 관련되어 일을 쉴 때 회사 대표뿐만 아니라 주위 직원들에게도 매우 눈치가 보인다. 만약 대기업처럼 거대한 익명 조직이 아닌데도 아무렇지 않게 출산휴가, 육아휴직, 가족돌봄휴가 등을 허락해주는 기업이 있다면 그 사람 또한 '기적'을 만난 것이나 다름없다.

경력 단절 문제가 다시 한 번 시작되는 건 아이의 초등학교 입학기이다. 12시면 끝나는 아이들, 또 처음으로 '돌봄'의 영역에서 '교육'의 영역으로까지 넘어가며 적응하기 힘들어하는 이런 시기는 여성들에게 '대학살의 시기'라 불린다. 우수수 직장을 그만두면서 아이에 집중해야만 하는 상황이 펼쳐지고, 경력 단절이 시작되는 것이다. 그나마 양가 부모 중 한쪽이 가까이 있거나, 혼신의 쇼 같은 학원 뺑뺑이가 가능한 환경이거나, 믿을 만한 사람을 고용할 정도의 경제력과 행운이 있으면 모르겠으나, 그렇지 않으면 '맞벌이의 기적'에도 한계가 오는 시점이 된다.

우리 사회는 사실상 사회 시스템 전반이, '이래도 육아할 거야? 진짜 한다고? 좋아, 어디 할 수 있나 보자' 같은 느낌으로 존재하고 있다. 육아 문제를 개개의 가족에게 모두 전가하면서 할아버지·할머니 등이 노후에도 총동원되어야만 간신히 아이 하나 키울 수 있게 만들어놓았다. 심지어 집값이나 아이 사교육비까지 할아버지·할머니의 몫이라고 하니, 사실상 사회가 하는 것은 아무것도 없는 셈이다.

이런 상황에서의 육아가 기적인 이유는, 아이가 아프거나, 부모 중 한 명이 아프거나, 양가 부모 중 아픈 어른이 생기기 시작하면, 거의 붕괴 직전까지 갈 수밖에 없기 때문이기도 하다. 나는 종종 내가 한 달이라도 아프면 이 집안이 어떻게 될지 생각하는데, 절대로 그런 일이 일어나선 안 되겠구나 생각한다. 열심히 체력 관리, 면역력 관리, 건강 검진 받기 등을 잘 해두지 않으면, 그대로 이 구조는 '끝장'나는 것이다. 여기에서 기대할 수 있는 사회 시스템이랄 것은 거의 없다.

어쨌든 우리는 기적에 힘입어 아이 하나를 간신히 키워왔지만, 과연 기적에 의존해서만 아이를 키울 수 있는 사회가 올바른 사회인지에는 의문이 든다. 전 사회가 돌봄을 지지하고 도와주어도 부족할 텐데, 이런 총체적 각자도생에서는 스스로 슈퍼맨 혹은 슈퍼우먼이 되어 원맨쇼 능력을 기르거나 기적에 의존할 수밖에 없는 것이다. 나는 이런 한국 사회가 전 세계에서 유례 없는 저출생 국가가 되어 소멸로 향해 간다는 게 그리 이상하지 않다. 기적 없이 살 수 없는 사회란, 멸종위기 동물들에게 썩 어울리는 말처럼 들린다.

어린 시절이
곁에 있다는 것

　　한 존재의 어린 시절을 곁에서 보낸다
는 건 너무도 이상하고 특별한 일인 것 같다. 한편
으로는 이런 생각이 종종 든다. 어차피 아이는 이
날들을 거의 기억도 하지 못할 텐데 나는 무엇 하
러 이리 애를 쓰고 있나. 오늘 하루 아이를 웃게 하
고 행복하게 하기 위해 왜 이리도 마음을 쓰나. 그
것이 무슨 인생의 사명이라도 되는 것처럼 나는 왜
아이의 행복에 집착할까.

　　대개 다른 사람에게 잘해주거나 타인을
위해 애를 쓰는 일은 타인에게 기억되고 싶기 때문

이다. 그가 나를 기억해주길 바라서 선물을 준다. 그가 나를 기억해주길 원해서 웃게 한다. 함께하는 시간의 목표란 대개 공동의 기억 갖기이다. 그러나 어느 한 존재의 어린 시절, 특히 유아기를 함께 보내는 시간은, 언젠가 떠나고 잊고 잃어버릴 어떤 존재를 오늘을 내어 사랑하는 일 같다. 이를테면 서너 살의 아이는 하루의 무엇도 기억하지 못할 것이기 때문이다. 그 일의 이상함이 완전히 이해되지는 않는다.

아이가 숨바꼭질을 하자고 하면, 나는 아이가 어디 있는지 알면서도 아이 주변에서 한참을 어슬렁거린다. 그러면 아이가 숨죽여 킥킥거리며 너무 좋아하는데 그 아이의 웃음이 내게 영원히 새겨지는 느낌이 든다. 그러나 아이는 자신의 웃음을 알지도, 기억하지도 못할 것이고, 그저 나에게만 새겨져 있을 장면일 뿐이다. 그런데 오히려 그 유일무이함 때문에, 내가 아니면 그것을 기억하고 지킬 수 없기 때문에, 그 외로움 때문에, 그 슬픔 때문에, 이 날들을 더 사랑하는 것 같기도 하다.

요즘 아이는 매일 '싸우기 놀이'를 하자고 성화다. 나는 피곤하고 힘들어도 어떻게든 들이받는 아이를 상대해주고 제압해서 간질거린다. 그러면 아이는 너무 좋아서 깔깔대며 침대 위를 데굴데굴 굴러다닌다. 이것이 다 뭔가 싶다. 내 세월, 내 시간, 내 삶은 이것을 위해 여기 있다. 나라를 구하거나, 노벨상을 받거나, 거대한 부를 축적하기 위해서가 아니라, 그 모든 것들을 하잘것없는 것으로 치워버린 자리에서, 그냥 사랑하며 소모하고 떠나보내기로 택한 것이 어느 시절의 삶이고, 하루이다.

이것은 유전자가 내게 하게 하는 일이겠지만, 유전자의 명령에 복종하면서 삶의 진실 같은 것을 깨닫는 느낌도 든다. 나는 너무 자주 죽음과 늙음에 관해 생각한다. 사람은 금방 늙고, 허무할 정도로 너무 쉽게 죽는다. 세월도 빨리 흘러간다. 인생도 그저 허상 같아서 누구나 삶을 단념하고 보내야 할 때가 온다. 아이를 대하고 있으면 이상하게도 그런 진실이 참으로 가까이 다가온다. 나의 어린 시절이 엊그제 같은데 나는 어느덧 부모가 되어 있고, 부모님 역시 나의 어릴 적 기억과는 너무 달라져 있다.

삶은 쏜살같이 흐르는 중이고, 아이가 산타의 진실을 모를 날도 얼마 남지 않았고, 지금 내게 쌓여 있는 온갖 고민들도 별거 아닌 것처럼 느껴질 때가 금방 올 것이다. 가끔은 내가 인생의 모든 시간을 한순간에 살고 있는 듯한 기분이 든다. 이상하게도 한 아이의 어린 시절이 곁에 있다는 것에서 슬픈 축복, 외로운 감사함 같은 걸 느낀다. 나는 여기에서 바람 같은 삶을 잠시 살고 있다.

우린 무얼 위해
고생하는 걸까

　　매일 아침 아이의 유치원 가방을 싸고, 어린이용 수저를 닦고, 옷을 입히고, 벌린 입 구석구석 이를 닦아주고, 밤마다 아이를 씻기고 주말이면 한글을 가르치고, 함께 축구를 하고 땅을 파면서, 이 모든 게 내가 무슨 부귀영화를 누리겠다고 하는 일이 아니라는 생각을 한다. 이 애씀, 이 정성에는 내게 돌아올 현실적인 이익이랄 게 없다. 그럼에도 온 마음을 담아 이 어린 존재를 챙긴다.

　　가끔은 아내와 투덜거리듯이 "우리가 무엇을 위해 이렇게 고생하는 걸까"라고 말하기도 하지만, 사실 그 대답은 정해져 있다. 그 무엇을 위해서도 아니다. 그저 사랑하기 때문이다. 우리에게 주어진 이 존재를 사랑하는 일 그 자체만을 하고 있을 뿐이다. 그저 너를 걱정하고, 네가 잘되었으면, 네가 좋은 사람이 되었으면, 약간 욕심을 부린다면 타인들에게도 기여하는 사람이 되었으면 하고 바랄 뿐이다.

내가 아닌 다른 존재를 위해 그저 애쓰는 이 경험은 무어라 표현하기 어려운 면이 있다. 이 사랑의 행위는 어딘지 논리를 넘어서 있기 때문이다. 아이가 잘 커서 나를 부양해주기를 기대한다든지, 아이를 성공시켜 대리 만족 하고 자식 잘 키운 부모로 사회적 위상을 올리겠다든지 하는 생각은 조금도 없다. 내게는 그저 아이가 온전히 성장하기를 바라는 마음, 그래서 온전히 삶을 좋아하며 살아갈 수 있기를 바라는 마음만이 있다.

자기 자신밖에 모르고, 자기 이익을 위해 모든 논리가 수렴되고, 자기 자신을 사랑하는 것만이 지상 과제였던 시절에는 '아이를 사랑하는 부모'의 마음 같은 건 전혀 이해할 수 없었다. 그것은 뭐랄까, 약간 어리석은 희생처럼 느껴졌다. 그러나 막상 이 사랑의 세계에 진입하고 보면, 자기 자신만을 사랑했던 내가 오히려 더 왜소해 보인다. 이곳은 마치 다른 우주처럼, 가보지 않으면 알 수 없는 영토였다는 걸 깨닫는 순간이 있다.

조그만 아이의 손을 잡고, 공룡인지 포켓몬인지에 대해 재잘거리며, "응, 맞아. 이상해꽃이 더 세지" 같은 대답을 하며 나무 위로 노을 지는 하늘을 보며 걷는 순간이면, '그렇구나. 이게 삶이구나. 삶은 이러라고 있는 것이구나' 하고 느낄 때가 있다. 아이의 작은 손톱을 깎이고, 잠든 아이의 볼을 만져보고, 작은 두 손으로 쥔 컵에 우유를 따라주고, "아빠, 젤리 먹어도 돼?"라고 묻는 아이의 말에 "너무 많이 먹었잖아. 안 돼"라고 대답을 하는 어느 순간에, 삶은 이러라고 있는 것이라는 걸 느끼곤 한다.

삶은 이러라고 있는 것이었구나. 나 잘난 맛에, 나만의 성공에, 나만의 빛남에, 나만의 쾌락과 즐거움에 빠져들고, 오직 내가 주목받기 위해 온 인생 다 바쳐 그것만을 향유하라고 있는 것이 아니라, 다른 누군가를 그저 온전히 사랑하는 순간을 경험하라고 있는 것이었구나. 그 사랑을 위해 애쓰는 경험을, 논리나 다른 말로 더 이상 표현하는 것이 불가능한 그 경험을 해보라고 있는 것이었구나. 그러고 나서 사랑할 만큼 사랑했다 싶으면 떠나보내라고 있는 것이었구나. 그렇게 살아내고, 사랑하고, 떠나라고 있는 것이었구나, 라는 걸 깨닫는 때가 있다.

　　　물론 삶이라는 건 하염없이 너를 사랑할 때도 있고, 나를 위해 애쓸 때도 있는 나날들이 고루 퍼져 있다. 그러나 내게 나이가 들수록 조금씩 더 커져가는 부분은 상대를 위한 자리인 듯하다. 종종 나는 아이를 키우는 걸 넘어 세상의 다른 누군가에게 기여하는 일에 대해서도 생각한다. 누군가의 삶에 좋은 영향을 주고 그가 더 나은 삶으로 갈 수 있는 길을 열어주는 보람에 관해서도 이해한다. 거기에야말로 삶이 있다는 것을 말이다.

아이가
아플 때

　누군가 육아를 하면서 가장 어려운 순간이 언제냐고 묻는다면, 나는 아이가 아플 때라고 대답할 것 같다. 신생아 시절에는 물론이고, 어린이집·유치원을 다닐 때에도 가장 곤란한 순간은 어느 날 청천벽력처럼 아이 이마에 열이 끓어오를 때다. 신생아 때는 상비약을 먹일 수도 없다 보니 아이가 아프면 아침이든 새벽이든 둘러업고 병원에 달려가는 게 일이었다. 한동안 동네 병원과 응급실은 편의점처럼 익숙한 곳이 되었다.

　그나마 내가 로스쿨을 다닐 때는 학교

수업이라도 째고 달려가면 됐지만, 둘 다 직장을 다니기 시작하면서는 매번이 고비였다. 아내는 연차 쓰기가 쉽지 않은 직장이었고, 나도 매번 돌발적으로 상사한테 문자를 보내 연차를 쓸 때면 식은땀이 나기도 했다. 당장 아이가 아프면, 전염 위험 때문에 어린이집이나 유치원에 보낼 수 없을 때도 있고, 보낼 수 있다 하더라도 끙끙 앓는 아이를 맡겨두고 오는 게 마음이 편할 리 없다.

그런 데다 아내와 나는 본가가 모두 다른 지방에 있어서, 우리를 잠시라도 도와줄 가족이 특별히 주위에 있는 것도 아니다. 그랬기에 아이를 키우는 동안 나는 거의 '반차'의 화신이 되었다. 내가 다니던 회사에서는 다른 직원들의 연차·반차 사용 기록을 한곳에서 볼 수 있었는데, 미혼이거나 아이 없는 커플들은 사나흘씩 연차를 쓰고 해외 여행을 다녀오기도 했다. 그러나 나는 '반차'를 다람쥐가 도토리 모으듯 품고 있어야 했다. 오전 반차를 쓰고, 간신히 집에 돌아온 아내한테 '아픈 아이'를 토스한 뒤에 부리나케 출근해야 했다.

나를 포함해, 육아하는 부모들의 기록표는 하나같이 '반차'로 뒤덮여 있었다. 타이밍이 한 번이라도 어긋나면 우르르 무너지는 서커스 공연처럼, 그렇게 '황금 타이밍'을 계산하며 사는 게 육아 라이프였다. 그야말로 아내와 팀워크가 어긋나거나, 팀워크를 제대로 하고자 하는 의지가 바닥이라도 나면, 금방이라도 무너질 수도 있는 모래성 같은 일상이었다고도 볼 수 있다.

그런데 벌써 그런 모래성을 쌓아 올리며 이어진 세월도 적지 않아졌다. 그러면서 하나 알게 된 건, 삶이란 원래 임기응변이고 모래성 쌓듯 매일을 쌓아 올리는 게 아닌가 싶은 것이다. 모래도 쌓다 보면, 언젠가 이따금 내리는 비와 습기로 굳어가기 마련이다. 서커스도 처음에는 어려워도, 나중에는 그 혼신의 저글링도 나와 꼭 맞는 일이라고 믿어지는 때가 온다. 우리도 어느덧 이 삶에 적응했고, 이 삶을 사랑하는 법을 잘 배워가고 있다. 그리고 그것을 배우기를 참으로 잘했다고 믿게 되기도 하는 것이다.

나를 내어준 만큼의
행복

하루는 아이의 유치원 방학을 맞아, 우리 가족 셋이서 롯데월드에 가기로 했다. 이른 아침 그리운 환상의 세계로 들어섰다. 10여 년 만이었다. 아이가 태어난 뒤로 처음인 것은 물론이고, 우리는 연애할 때도 롯데월드에 간 적이 없었으니 각자가 서로에게 비밀인 추억을 안고서, 어느덧 셋이 되어 나란히 오게 된 것이었다. 이 공간에 '나'를 위해서라기보다는 아이라는 '타인'을 위해 온다는 게 어딘지 낯선 느낌도 들었다.

자유이용권을 끊었지만, 예전에 오면 반

드시 탔던 롤러코스터나 간담이 서늘해지는 놀이
기구는 하나도 타지 못했다. 대신 아이를 위해 '신
밧드의 모험' 하나를 같이 탔지만, 그조차도 무서
워하자 우리는 어린이 놀이기구가 있는 곳으로 향
했다. 아이는 회전목마 정도가 자신에게 딱 알맞
은 스릴이라고 느끼는 듯했다. 우리는 어린이를
위해 마련된 기구들 주위를 배회하며 하루를 꼬박
보냈다. 점심도 아이가 먹기 좋은 한식 불고기를
골랐다.

　　　롯데월드에 있던 학생들이나 청년들이
우리를 본다면, 아마 조금은 불쌍하게 생각했을지
도 모른다. 점심 하나 고를 때도 아이가 먹을 수 있
는 것을 고민하고, 놀이기구도 마음대로 못 타고,
무엇이든 아이 중심으로 돌아가는 일상이니 말이
다. 셋이 된다는 것은 함께 살아가면서도 누군가를
위해야 한다는 것, 즉 어떤 식으로든 자기를 양보하
고 욕망을 자제해야 하는 것을 의미한다. 요즘 그런
양보나 자제는 그저 불행하고 손해 보는, 어리석은
희생처럼 받아들여지기도 하니, 이런 삶을 보면서

마냥 '부럽다'고 할 청년은 별로 없을 것이다.

그러나 내가 나이 들어가면서, 가족을 이루고, 아이와 함께 살아가고, 또 주위 사람들을 여럿 떠나보내거나 맞이하기도 하면서 배우는 것은 그와 다소 다른 면이다. 내가 나의 욕망이나 쾌락에만 고도로 몰입하면서 얻는 것 못지않게, 나를 희석시키고 뒤로 물리면서 얻는 것이 있다는 걸 알게 되어간다. 물론 내가 혼자 놀이동산에 가서 먹고 싶은 것 실컷 먹고 타고 싶은 것을 전부 다 타면 행복할 수도 있다. 그러나 내가 배워가는 삶은 또 다른 모양의 행복이 더 있음을 속삭인다.

내게 오히려 진정한 행복은 스스로를 조금 양보하면서 그 빈 공간을 다른 누군가에게 내어줄 때 형용할 수 없는 무언가로 실현되는 듯하다. 달려오는 아이를 들어 올려 안고 볼을 비비며 웃는 얼굴을 보고 있으면, 이것이 내가 나를 내어준 만큼의 행복이라는 걸 확실히 느낀다. 셋이서 나란히 손을 잡고 놀이동산을 누비면서 천장의 열기구를 신기하게 바라보며 소리칠 때, 내가 나보다 더 큰 기쁨에 속해 있다는 걸 깨닫는다. 돌아온 나날들이 나를 위한 쾌락들이 아니라 우리가 만들어 나간 공동의 기억 속에 사진처럼 자리 잡아 있을 때, 나는 보다 삶다운 삶을 만들었다고 생각하게 된다.

물론 삶의 방식이야 저마다 다채로운 것이니, 딱 잘라 어느 삶이 정답이라 말할 수는 없을 것이다. 다만 나는 살아갈수록 삶은 결국 '나와 사랑을 나눈 사람들의 총합'이라는 말을 믿게 된다. 어떤 시절에 나는 삶의 주인공은 나이고, 나라는 존재가 이 세상을 여행하는 게 인생이라 믿었다. 그러나 요즘 나는 삶이라는 이야기 공간에 여러 주인공들과 함께 이야기를 써나간다고 느낀다.

내 삶의 주연은 나만 있는 게 아니다. 내가 사랑하는 사람들, 나와 깊이 관계를 맺는 여러 사람들 또한 이 삶의 주연들이다. 나는 단수로서의 삶이 아니라, 복수의 삶을 살고 있는 것이다. 삶이 곧 관계라는 것을, 진정한 관계를 삶에 들이는 만큼 나는 오히려 삶에 더 깊이 속하게 된다는 것을 진정으로 믿게 된다.

이중 긍정에 대하여

육아 혹은 아이에 대한 사랑을 니체의 사상처럼 멋지게 설명할 방법은 없을 것 같다. 먼저 니체는 우리가 삶을 사랑하는 가장 핵심적인 방법으로 '이중 긍정'을 이야기한다. 흔히 니체는 '긍정의 철학자'라 불리곤 한다. 삶에 아무리 많은 고통과 부조리가 있더라도 그 모든 걸 끌어안고 다시 한번 이 삶을 살 것이냐는 질문에 "예"라고 답해야만 하고, 답할 거라는 그 강렬한 긍정이 철학사에 깊은 인상을 남겼다.

그런데 이때의 '긍정'은 정확히 말해 세

상 모든 걸 긍정하겠다는 '예스맨'의 태도는 아니다. 오히려 이 긍정은 항상 이중적으로, 중첩적으로, 반복적으로 이루어져야 한다. 기존의 모든 관습적인 가치 기준과 맞서 싸웠던 니체는 어떻게 진정 '자신의 가치'로 '긍정'할 수 있을지 고민했다. 그 결과 도달한 것이 이중 긍정이다. "나는 그것을 사랑한다"로는 부족하다. "나는 그것을 사랑하는 것을 사랑한다"라고 할 수 있어야 한다.

그냥 '사랑'은 나의 기준이 아닌 온갖 세상의 기준들로 오염되어 있다. 남들이 좋아하는 명품을 나도 그냥 따라서 좋아하는 건 '나의 가치 기준'대로 살아가는 일이 아니다. 그냥 타인의 욕망을 나도 따라서 욕망하는 일에 불과하다. 내가 진짜 나의 가치에 따라 그 무언가를 사랑할 때는, 나는 그것을 사랑하는 바로 그 '가치 기준'까지도 사랑한다고 말할 수 있어야 한다. 바로 내가, 바로 나 자신이 오로지 '나의 자리'에서 긍정하는 '나의 기준'을 사랑하면서 우리는 '자기 자신'이 되어가는 것이다.

아이를 사랑할 때 나는 아이를 사랑하는 것을 사랑한다. 거기에는 현실의 가치 기준이랄게 메말라 있다. 아이가 세속적인 기준에 부합하는 존재여서 사랑하는 게 아니다. 아이에게 대단한 이익이랄 것을 기대해서 사랑하는 것도 아니다. 나는 그저 너를 사랑하는 걸 사랑한다. 너를 사랑하는 순간, 그렇게 속해 있는 이 삶, 나의 이익과 희생을 고려하지 않고, 다른 현실에서의 내가 추구하는 그 무엇보다 우월하게 느껴지는 이 가치의 삶을 사랑한다. 여기에서 때로 나는 니체가 말한 이중 긍정이 무엇인지를 이해한다.

이중 긍정은 이런 질문에 대한 답으로도 이어질 수 있다. "다시 태어나도 아이를 가질 것인가?" 다시 태어나도 아이를 가지겠다. 이것은 니체가 말한 영원회귀(삶이 영원히 반복된다고 가정하고 그에 대한 태도를 묻는 철학적 사고방식), 즉 다시 반복될 삶에 대한 긍정이라는 점에서 정확히 이중 긍정과 이어진다. 그리고 여기에서 니체가 이야기한 더 근사한 하나의 관점이 이어질 수 있다. 그것은 긍정이 '미래완료'적이라는 것이다. "나는 아이를 원해왔을 것이다" 혹은 "나는 이 아이를 원했던 사람이 될 것이다"와 같이 말할 수 있다.

아이를 갖기 전, 나는 그다지 아이를 원하지 않았다. 아이는 다소 우연처럼 우리에게 찾아왔다. 그것은 계획에 없던 일이었다. 그러나 지금 나는 다시 태어나도 아내와 함께 아이를 가질 것이라고 말한다. 다시 태어나 아이를 만나려면, 나는 아이가 태어나기 전 과거의 시점에서 아이를 '원했던' 그런 사람이 되어야 한다. 이 사랑은 우연성을 필연성으로 긍정하면서, 과거의 나를 다시 정의하고 미래까지 포괄한다. 우연, 필연, 과거, 현재, 미래를 '동시에' 담아내는 이 미래완료적인 이중 긍정(혹은 영원회귀적인 긍정)이야말로 니체가 말하는, 삶을 긍정하는 방법이다.

삶을 긍정하는 것은 오늘을 긍정하는 일인데, 그것은 오늘로 이르는 모든 길이었던 과거 전체를 긍정하는 일이자, 오늘을 지나 필연적으로 이르게 될 미래까지 긍정하는 일이다. 그리고 동시에 그것은 지금 여기에서, 바로 '나'에 의해서만 긍정될 수 있다. 내 삶의 가치를 온전히 긍정할 수 있는 건 나밖에 없기 때문이다. 세상의 수많은 기준들은 내 삶을 긍정하거나 부정할 것이다. 그러나 그 모든 걸 넘어서서 내가 내 삶을 긍정할 때, 나는 바로 내 삶을 긍정하는 것을 긍정하는 이중 긍정의 자리에 있게 된다.

니체에 의하면, 그리고 바로 이런 이중 긍정이 우리를 자유롭게 한다. 달리 말하면, 자유로운 영혼으로 내 삶을 사랑하게 한다. 삶에 대한 사랑은 언제나, 다시, 사랑하는 것이다. 그래, 나는 이 삶을 사랑한다. 그리고 이 삶을 사랑하는 것을 사랑한다. 이 삶이 다시 반복되어도, 이 삶의 모든 고통이 다시 한번 일어나도, 이 삶을 사랑할 것이다. 다시 한번, 이 삶의 모든 것을 만날 것이다. 어느 우주에서 다시, 나는 내 앞에서 울고 있는 아이의 탯줄을 자르고, 너와 함께 그 이후의 모든 일을 다시 살 것이다.

어느 빌라촌의 오후

　　로스쿨을 다닐 때, 지방의 한 빌라촌에 살 때의 날들이 종종 떠오른다. 특히 로스쿨 마지막 해에는, 두 돌이 지날 무렵의 아이와 나, 단 둘이 잠든 밤이 100일은 넘었을 테다. 당시 아내는 먼저 서울의 직장으로 복직하고, 나는 지방에 남아 반년 정도 공부하며 아이를 돌보기로 했기 때문이다. 아이를 씻기고 욕조에서 놀아주면서 글을 쓸 때가 많았다. 아이는 욕조에서 놀고 있고 나는 비누 거품을 뿌려주면서 글을 쓰는 식이었다. 그러면서 거꾸로, 내가 아이한테 의지하는 마음도 생겼는데, 아이랑 손을 꼭 잡고 있으면 나도 잠을 자는 일이 더 아늑하게 느껴지곤 했다. 나도 덜 분리되었던 것인지, 아무튼 아이와 둘이서 이렇게 저렇게 뒤섞이며 살아가던 때였다.

내가 원래 가장 좋아하는 시간은 아이랑 목욕하는 시간이었는데, 두 돌 무렵에는 아이랑 놀이터를 가는 게 더 좋았다. 놀이터는 일주일에 한두 번쯤 아이 하원을 시키면서 함께 걸어가곤 했는데, 그 느낌이 참으로 폭신폭신했다. 하루 일과를 어느 정도 해내고, 아이를 만나서, 나뭇잎 사이로 떨어지는 햇빛의 조각들을 받으며, 함께 걷고, 안아주고, 깔깔대고, 이야기하면서 걸어가는 그 산책의 포근한 느낌을 참으로 사랑했다. 나에게 깊게 의지하고 자신이 좋아하는 놀이터로 걸어가는 아이의 설렘이 내게도 느껴졌다.

그날도 계속 장마가 이어지다가 모처럼 날이 맑아진 날이었다. 그래서 '오늘은 꼭 아이를 데리고 놀이터를 가야지' 생각했다. 아이를 위해서이기도 했지만 나를 위해서이기도 했다. 당시 매일 공부만 하던 내 생활의 가장 큰 행복이었다 해도 좋을 듯하다. 그렇게 아이랑 아무도 없는 놀이터에 도착해서 한참 놀아주고는 벤치에 앉았다.

조금 기다리니 아이들이 하나둘 왔다. 강아지를 데리고 온 아이도 있고, 손녀들을 데리고 온 할아버지들도 있었다. 공교롭게도 그 놀이터에서 아이 엄마를 본 적은 한 번도 없었던 것 같다. 대개는 할아버지나 할머니들이 아이를 데리고 왔다. 아니면 다 큰 아이들이 혼자 놀러 오거나. 조금은 보기 드문 풍경인지도 모르겠다. 확실히 젊은 사람들이 모여 사는 아파트 단지가 아니어서 그런지 젊은 부모를 본 적은 없었던 것 같다.

아이가 세상 행복하게 웃는 모습을 보고 있으면, 이상하게 안쓰러운 마음이 들기도 한다. 아이란 이렇게 작은 것에도, 초라한 것에도 세상에서 가장 큰 행복을 느낀다. 그에 비해 어른이란, 거대한 것에도 고작 작은 행복밖에 누리지 못한다. 큰돈 들이고 거대한 풍경 앞에 서고 값비싼 호텔에 가서 얻는 기쁨이라는 게, 골목 사이에 있는 작은 놀이터를 향해 뛰어가는 아이의 웃음에 비할 수 있을까.

놀이터에 있으면 초등학생쯤 되는 아이들이 부지런히 말을 걸었다. 특히 여자 아이들이 아이를 잘 챙겨줬다. 그런데 아이는 또 누나들이 낯설어서, 여자아이들이 다가와 아이가 귀엽다며 만지고 손잡고 데려가려 하면 막 울면서 "아빠, 아빠" 했다. 강아지가 나타나도 아빠랑 같이 가자 하고, 미끄럼틀도 같이 타러 가자 하고, 고양이도 같이 쫓아가자 하는데, 30분쯤 지나면 적응이 되는지 혼자 잘 돌아다녔다. 그럼 나도 벤치에 앉아서 글을 쓰곤 했다.

그날도 글을 쓰다 문득 아이를 보니, 손녀들을 데리고 온 어느 할아버지가 아이랑 놀아주고 있었다. 아이는 비눗방울을 엄청나게 좋아하는데, 연신 가서 비눗방울 달라고 하면서 그 옆에서 손주 3호가 되어 있었다. 작은 천국에 있는 것 같은 기분이 들었다. 내 또래의, 나의 경쟁자들, 나와 비교와 질투를 나누는 사람들, 위협적인 사람들 같은 건 전혀 존재하지 않는 것 같았다. 아이랑 걷는 골목, 아이랑 찾는 놀이터, 그 속의 맑은 하늘, 은은한 햇빛, 웃음 소리, 이런 것들이 내가 종일 갇혀 있던 현실 공간을 잊게 했다.

얼마쯤 지났을까. 아이들도 거의 돌아가고, 나도 아이를 데리고 집에 돌아가려고 자리에서 일어났다. 집에 가면 일단 목욕을 좀 시키고, 밥을 먹여야겠다고 생각했다. 불현듯 내가 아이와 딛고 선 곳이 어딘지 조금 새로운 세계 같았다. 하늘 가득 까마귀들이 날고 있었다. 해 질 무렵의 선선한 바람이 불고, 아이는 부지런히 나뭇잎을 주워 하수구에 버리고 있었다. 역시 이곳은, 조금 다른 세계 같다고 생각했다.

우연과 행복의
상관관계

그날은 지난 2년간 품어온 소망이 이루어진 행운의 날이었다. 그런데 그 행운을 만나기까지의 과정은 꽤나 이상했다. 새벽부터 경비실에서 전화가 와서, 오늘 이사가 있으니 차를 빼달라고 했다. 보통은 전날에 말해주는 터라, 꽤나 짜증스러운 기분으로 뒤척이며 간신히 일어났다. 그런데 생각해보니, 근래 차 키가 고장이 나서 좀처럼 차 문이 잘 열리지 않는다는 사실이 떠올랐다.

차 키의 배터리가 다 된 것인지, 다른 고장 때문인지는 몰라도, 당시에 차를 열려면 대략

20분 정도는 서서 차 키 열림 버튼을 계속 눌러야 했다. 그런데도 이런저런 이유로 고치는 걸 미뤄오다가 그런 일이 생겼던 것이다. 또 아침에는 아이 유치원 승합차 태우랴, 출근하랴 정신 없기 때문에 과연 내가 차를 옮길 수나 있을지 의심스러웠다.

어쨌든 시도는 해봐야 했으므로 아이를 일찍 데리고 나가서 연신 차 키를 눌러댔다. 아마도 수백 번쯤은 누른 것 같다. 그래도 계속 멍하니 서서 차 키만 누르기는 지겨워서, 아이와 함께 화단이나 구경해보기로 했다. 사실 그건 우리의 일과이기도 했다. 아이랑 승합차를 기다릴 때면 화단에서 개미나 공벌레, 무당벌레 같은 것을 찾으며 놀았다.

그날은 차 키를 눌러야 했으므로, 평소 살펴보던 화단 대신 차와 가까운 다른 쪽 화단에서 승합차를 기다렸다. 그런데 정말 그때, 내 안에서 무서운 예감이 솟아올랐다. 거의 확신에 가까운 예지 능력이 느껴졌다. 평소에 살펴보던 화단이 아닌, 이쪽 화단에서, 하필 차 키 버튼을 누르면서, 어쩔 수 없이 기다리고 있는 이 지루하고 짜증스러울 수 있는 바로 이 시간에, 바로 그 불운 덕분에, 어째서인지 행운을 만날 것 같다는 예감이었다. 이를테면 아이와 새로운 발견을 해서 아이도 나도 신이 날 수 있는 우연 같은 걸 만날 거라고 느꼈다.

　　　그리고 그 행운은 실제로 일어났다! 나는 거의 행운의 멱살을 잡아끌어오듯이, 화단 끄트머리에서 무당벌레보다도 작은 아기 달팽이를 발견했다. 아내와 나는 지난 2년여간 이 동네에 살면서 비가 온 다음 날이면 부지런히 달팽이를 찾아다녔다. 아이와 가벼운 보물찾기를 해보자는 의도로 거의 습관적으로 달팽이를 찾아다녔지만 찾을 수 없었고, 우리 동네에는 달팽이가 살지 않는다고 확정 지었던 터였다. 그랬던 달팽이를, 그것도 쌀 한 톨만 한 아기 달팽이를 하필 이런 기회에 찾게 된 것이다.

　　　심지어 두 마리를 찾았다. 아이에게 아기 달팽이를 보라며 손바닥에 올려주기도 했다. 아이는 신나서 달팽이를 들여다보다가, 아기니까 엄마한테 가야 한다면서 곧 놓아주었다. 그리고 결국 자동차 문도 열렸고, 아이도 나도 늦지 않게 갈 수 있기까지 했다. 그야말로 완벽한 아침이었다.

　　　퇴근 후 지하철을 타고 북토크 장소로 향하는 길에 《우연의 질병, 필연의 죽음》이라는 책을 읽었는데, 마침 인생에서의 '우연'에 대해 이야기하는 부분이 나왔다. 행운이든 불운이든, 우연은 우리 삶에 '점'으로 찾아오는데 그 '점'을 어떻게 받아들이느냐에 따라 행복이나 불행의 '선'이 된다는 이야기가 쓰여 있었다. 우리는 인생에서 만나는 점들을 엮어 자기 삶이라는 선, 이야기, 서사를 만들어낸다. 나는 달팽이를 만난 아침이라는 우연의 점을, 행복이라는 선으로 만들 수 있는 사람일까 생각해보았다. 그 이야기를 그날 저녁 북토크 자리에서 하기도 했다.

　　　문득 이 기억이 아이에게 남고, 아내에게 전달되고, 다시 북토크 시간에 말해지고, 또 이렇게 글로 쓰일 때, 이것은 '선'이 된다고 느낀다. 그러니까 인생의 우연들을 받아들이는 방식이란, 결국 그 우연들을 누구에게 어떻게 이야기하는가의 문제인 것 같다. 우리는 우리 인생에 쏟아지는 점들을 엮는 재봉사이자 이야기꾼으로 살아가는 것이다.

아이와 함께 살아가며 만났던 수많은 '점'의 순간들이 끊임없이 '선'으로 엮이고, 그 실타래들이 내 마음 한구석에 쌓이는 상상을 해본다. 삶이란 그런 실타래들을 모아가는 여정 외에 별다른 건 아닐 것이다. 아름다운 실타래 몇 개를 엮어낸 다음에는, 그저 그 이야기들을 남기고서 떠나는 것이다. 삶이란 그저 그렇게 기억하고, 사랑하는 것이다.

퇴근했는데
집이 엉망이다

　일 때문에 늦은 밤 집에 들어왔던 날, 아이가 어질러놓은 거실 풍경을 보는데 문득 이런 풍경이 있다는 게 감사하다는 생각이 들었다. 아이와 아내는 곯아떨어져 있고, 아이는 자석 블록을 이어 붙여서 나름대로 집이나 동물 같은 것을 만들어두었다. 나는 다 치울까 하다가, 아이가 다음 날 자기가 만들어놓은 걸 찾을까 싶어 한쪽에 모아두었다.

　언젠가 아이는 더 이상 집을 어지르지 않을 테고, 집 안에 아이의 흔적도 남지 않는 날이 올 것이다. 그때가 되면 나는 아이가 온 집에 자신의 흔적을 흘리고 다녔던 때를 그리워할 것 같다. 그저 깔끔하게 잘 정돈된 집에서 느끼는 만족감과, 아이가 어질러놓은 집에서 느끼는 묘한 애틋함은 어딘지 차원이 다르다. 전자가 단순한 미감에 가깝다면, 후자는 사랑이고, 그리움이고, 삶이고, 인생의 진리에 대한 슬픔이고, 그저 인간 생명 그 자체의 감정 같다.

혼자, 그리고 아내와 둘이 살다가, 아이가 태어나 함께 살게 된 후에 받게 된 충격이 있다. 아이가 있는 집은 매일, 하루도 빠짐없이, 끊임없이 어질러져서 매일 치워야 한다는 사실이었다. 혼자 살면 사실 청소도 자주 할 필요가 없다. 옷가지만 잘 벗어두고, 설거지 정도만 제때 하면 어질러질 일 자체가 별로 없다. 그러나 아이는 존재 자체로 끊임없이 집을 엉망으로 만들기 때문에 매일 치워야 하는 게 여간 힘든 일이 아니었다.

그러나 그럴 때도 우리는 이렇게 집 안이 엉망이 되는 좌충우돌의 일상조차 그리울 날이 있을 거라고 이야기하곤 한다. 힘든 건 힘든 것이고, 그리운 건 그리움이고, 사랑은 사랑이다. 집 안이 텅 비어버린 듯 고요하고, 늘 정돈되어 있고, 활력보다는 평화가 어울리는 때가 오겠지만, 그 풍경은 벌써 다소 쓸쓸하게 느껴진다. 여기에는 매일의 애씀과 힘겨움이 있지만, 그만큼의 생명과 활기와 사랑이 있다. 삶은 원래 고생하는 만큼 얻는 것일지도 모른다.

　　그날은 아침 7시에 나가서 밤 11시에 들어온, 그야말로 가장 바쁜 날 중 하나였지만, 집에 돌아와서 다음 날 아이 유치원에 보낼 수저와 물병을 씻고, 아이가 어질러놓은 걸 정돈하고, 잠든 아이와 아내를 바라보고, 그제야 간신히 쉬는 것도 그리 저주스럽진 않았다. 오히려 내가 돌아올 집이 있고, 그곳에 삶을 어지럽히는 사랑이 있고, 내일의 사랑을 위해 애써야 할 약간의 일이 남아 있다는 게, 내게는 삶을 살고 있다는 느낌을 준다. 삶의 근거가 있고, 삶에 발 붙이고 있고, 사랑을 지키고 있다는 감각을 받는다.

　　언젠가 늦은 밤 집에 돌아왔는데, 아이

가 어질러놓은 블록 하나 없는 날이 오면, 나는 아마 약간 허탈하게 소파에 앉아 잘 정돈된, 텅 빈 듯한 집을 다소 허전하게 바라보고 있을 듯하다. 그런 시절은 다시 오지 않겠지, 이제 집 안 여기저기 물어뜯고 다닐 강아지라도 하나 들여야 하나, 그런 생각을 할지도 모른다. 삶이란 본디 부대껴야 하는 것이다. 거기에 정이 있고, 애씀이 있고, 사랑이 있고, 보람이 있다. 그런 걸 하려고 사는 것이다.

나의 사랑스러운
감성 파괴자

    아이는 내 삶의 감성을 파괴한다. 느지막이 일어난 주말 아침, 침대에서 선선한 가을의 기분을 고요하게 만끽하고 있으면, 어느덧 아이가 달려들어 내 등 위에 거북이 등딱지처럼 달라붙는다. 그러고는 어서 일어나라고, 놀자고 장난치기 시작한다. 나는 아이를 붙잡고 비비적거리며 간질여대는데, 그러면 아이의 깔깔대는 소리가 나의 고요한 감성을 산산이 부숴버린다.

    식탁에 앉아 커피 한잔 마시며 책을 읽고 있을 때도, 아이는 어느덧 달려와 내 위에 올라

탄다. 그러곤 책을 읽지 못하게 방해하는데, 나는 아이를 들고 뱅글뱅글 돌려대다가 소파 위로 가볍게 던져버린다. 그때부터 나는 악당이 되고, 아이는 용사가 되어 끝나지 않는 전투가 시작된다. 바람과 햇빛과 하늘을 벗 삼아 책 읽는 오후는 그렇게 사라진다.

내가 좋아하는 이야기에 몰입하기도 어렵다. 청춘의 방황에 대해 다룬 고전 문학에 몰입하려고 하면, 아이는 자신과 동화책 만들자며 색연필과 노트를 가져온다. 그러면 청춘의 감성은커녕, 아이랑 꿀벌과 곰 아저씨와 아기 여우가 등장하는 숲속 이야기를 그려나간다. 그렇게 나를 사로잡아왔던 인생의 감성들이 파괴당한다.

아이와 같이 있는 동안에는, 때로 내가 좋아하는 음악을 듣기도 쉽지 않다. 내가 틀어놓은 음악을 듣다가 아이는 음악을 바꿔버린다. "헤이, 클로버. 미니특공대 노래 틀어줘!"라고 아이가 인공지능 스피커에 소리치면, 만화 주제가가 흘러나와 오후의 감성을 망쳐버린다. 아이는 온갖 동물과

괴물의 흉내를 내며 춤추기 시작한다. 그 요란한 아이의 춤사위와 노래, 웃음이 내가 좋아하는 오후의 감성을 박살내버린다.

우리는 분위기 좋은 카페보다는 아이가 좋아하는 동물원이나 키즈 카페를 간다. 고요하게 그 분위기와 시간을 사랑할 수 있는 시간보다는, 조금 더 요란하게 아이와 깔깔대는 걸 택한다. 이 삶의 소란스러움, 나의 청춘을 지배하던 것과는 전혀 다른 듯한 공기의 색깔, 색감, 음악 같은 것들이 삶을 채운다. 그렇게 하루를 깔깔대며 보내고 난 다음이면, 늦은 밤이 찾아온다.

그런 밤이면, 내게 찾아온 이 새로운 삶에 대해 생각하곤 한다. 나는 나의 이 산산조각 난 삶의 부서짐을 얼마나 그리워할지, 생각한다. 다시 내가 좋아하는 고요가 찾아오고, 늦은 아침과 오후의 세상이 돌아올 무렵, 나는 나에게 도래했다 떠난 이 삶의 소란스러움을 얼마나 그리워할까, 생각한다. 삶에는 내가 그 이전에는 상상조차 하지 않았던 유의 깔깔거림과 생동감과 사랑이 있다는 걸 알게 되었던, 어느 시절의 기억을 얼마나 고유하게 간직하고 싶을지, 생각한다. 내가 알던 것만이 전부가 아니었고, 내가 몰랐기 때문에 찾아온 그 낯선 사랑이 어떻게 결코 되돌릴 수도, 반복할 수도 없는 기억이 되는지로 인해, 삶의 아주 가까운 진실 같은 것을 깨달아버린 어느 나날들에 관하여, 얼마나 유일무이하게 추억할지, 생각한다.

바퀴벌레
싸움

　　점점 아이한테 논리로 이기기 힘들어진
다. 오랜만에 집에 돌아왔더니 화장실에 바퀴벌레
한 마리가 들어와 있었다. 나는 신속하게 발 전용
샴푸와 욕실 세정제로 퇴치했다.

　　"아빠, 바퀴벌레 죽이면 안 돼."

　　"어? 왜? 바퀴벌레 나쁜 벌레야."

　　"아니야, 바퀴벌레가 나쁜 게 아니야.
내 말 잘 들어봐. 바퀴벌레는 하느님이 만들었
지?"

　　"그렇지."

"그러면 나쁜 건 바퀴벌레가 아니라 하느님이야. 그러니까 바퀴벌레는 안 나빠."

나는 내 동공이 흔들리는 걸 느꼈다.

"그렇긴 한데 세상에는 악마도 있거든. 악마가 나쁘게 만들었어."

"악마도 있어? 악마가 나쁘게 마법을 부렸어?"

"그렇지!"

"그럼 바퀴벌레는 죽이면 안 돼. 악마가 나쁘니까 악마를 죽여야지. 바퀴벌레는 원래 착하잖아."

"아… 그런데 악마가 건 마법은 아무도 풀 수가 없거든. 그래서 악마도 죽여야 하지만 바퀴벌레도 다 죽여야 돼."

"아빠도 못 풀어?"

"응, 아빠도 그 마법은 못 풀겠더라."

그렇게 사태가 일단락된 줄 알았다. 그러고 나서 아이의 머리를 감기는데 아이가 말했다.

"그런데 바퀴벌레가 왜 나빠?"

나는 자신 있게 대답했다.

"바퀴벌레에 아주 나쁜 세균이 많거든."

"그럼 나쁜 게 아니잖아! 세균이 나쁜 것뿐이잖아!"

"아니, 근데 나쁜 세균이 너무 많아서 우리한테도 세균을 묻히거든."

"그러면 죽이면 안 되지! 우리가 바퀴벌레를 씻겨서 살려 보내줘야지!"

그 순간 나는 더 이상 아이에게 할 말이 없을 줄 알았다. 그러나 곧 생각이 났다.

"아빠가 아까 바퀴벌레한테 뿌린 거 봤지? 우리 발 씻는 데 쓰는 거지? 그리고 화장실 닦을 때 쓰는 거지?"

"응."

"그러니까 죽인 게 아니라 씻긴 거야. 바퀴벌레는 잠깐 기절한 거야. 잠깐 잠든 거야."

"그렇네."

"그치? 그러니까 괜찮아."

사실 이 논쟁은 나의 패배였다. 처음에

바퀴벌레를 죽여야 한다고 해놓고 마지막에 기절시킨 것으로 바꾸었기 때문이다. 다행인지 아이는 더 이상 이의를 제기하지 않았고 때마침 샤워도 끝났다.

　　나도 씻고 나와서 아이 머리를 말려주면서 드라이어로 파마한 것처럼 머리를 꼬불꼬불 말아주었다. 아내가 아이에게 사자 같아졌다고 하니, 아이는 좋아서 어흥 어흥 했다. 아내는 빨리 이사를 가고 싶다고 했다. 다행히 곧 이사를 갈 예정이었다. 나는 아이의 논리력이 너무 뛰어나서 이길 수가 없다고 호들갑을 떨었다.

　　그날은 며칠간 여행을 떠났다가 집에 돌아온 날이었다. 오랜만에 오는 집이 역시 가장 좋다는 생각을 했다. 늘 그랬다. 집이 가장 좋은 때는 오랜만에 왔을 때였다. 그러나 평화도 잠시였고, 아이가 곧장 공원에 나가자고 해서 둘이 뛰어나갔다. 여독이 채 풀리지 않은 몸으로 휘청휘청 아이를 잡으러 뛰어다녔다. 집에 돌아와서는 고기를 구웠고, 바퀴벌레 한 마리를 잡았고, 논리로 싸워야

하는 직업을 가진 내가 아이한테 논리 싸움에서 졌
다. 다시 반복되지 않을, 두 번은 없을 날이었다.

인간이라는
동물

　예전에는 인간이 아주 특별한 존재라 생각했는데, 요즘엔 다른 동물들과 그리 다를 것 없는 존재라는 생각을 더 많이 한다. 청년 시절에만 해도 나는 인간이란 아주 특별한 존재여서 그런 인간만의 고유한 특성을 찾아야 된다고 믿었다. 인간만의 창조성, 상상력, 결단력, 이성 같은 것이 있어서 동물과는 명확히 구별되는 숭고함을 지닌다고 믿었다. 그것이 내 삶의 길이나 이유 같은 것이기도 했다.

　그러나 요즘에는 오히려 인간이 너무나

동물 같아서 삶의 숭고함을 느끼는 것 같기도 하다. 동물들의 분투나 의례 같은 것은 인간과 너무도 닮았다. 새가 이성에게 구애하고자 춤을 추고 치장하고 멋진 노래를 부르듯, 인간도 삶의 가장 소중한 시절들을 구애하는 데 바친다. 코끼리들은 잠시만 서로 떨어져 있어도 다시 만나면 반갑다고 요란한 인사를 해대는데, 마치 이산가족이 상봉하는 인간사의 모습을 떠올리게 한다. 많은 동물들이 사람 못지않게 새끼를 정성스럽고 세심하게 돌본다.

　　　　오히려 인간이 그다지 아름답지 않아 보이는 순간은 덜 동물다울 때인 것 같기도 하다. 필요 이상으로 욕심을 내거나, 현재를 사랑할 줄 모르고 온 세상을 지배하겠다는 과욕을 품을 때, 동물에게는 없는 과대망상과 괴물 같은 권력욕에 사로잡힐 때, 추잡하고 끔찍하게 느껴진다. 어떤 동물도 평생 써도 못 쓸 물질을 모으고 또 모으는 데 골몰하며, 다른 동료 동물들을 잔인하게 착취하는 자폐적인 탐욕에 빠지지 않는다. 동물들의 세계에는 정도와 의례가 있고, 균형이 있다.

특히 아이가 태어나면서는 내가 그저 한 마리의 동물일 뿐이라는 걸 더 가깝게 느끼는 것 같다. 아이랑 헐벗고 깔깔대고, 땅 파고, 수풀 사이를 헤집고, 춤추고, 뛰어놀고, 맛있는 걸 집어 먹고, 나눠 먹고, 햇빛 아래에서 종일 시간을 보내는 동안, 내가 나라는 존재의 본질에 더 다가간 느낌을 받곤 한다. 서로 추상적인 기준을 놓고 비교하고, 그 기준에 닿지 못해 시기하고, 피해의식에 사로잡히며, 현재를 내다버린 채 더 큰 성공만을 이야기하는 건 내 존재와 역행하며 미쳐가는 일처럼 느껴지기도 한다. 나는 사랑하려고 태어난 것이다.

한때 나는 《코끼리도 장례식장에 간다》라는 책을 무척 아껴 읽었다. 이 책을 읽다 보면 인간들만 하는 줄 알았던 각종 의례들이 실은 모든 동물들의 것이라는 사실이 너무 다정하게 전해진다. 동물들도 서로 인사하고, 구애하고, 선물하며, 노래 부르고, 소리로 서로에게 중요한 일들을 알려주며, 표정 짓기와 몸짓을 하고, 놀이를 하고, 애도하기도 하며, 여행도 하고, 서로를 위로한다. 그런데 그것이야말로 인간 삶에서도 잊어선 안 되는 삶의 핵심 같은 것들이다. 수치화해서 계량하고 숫자를 서로 비교하는 건 실험실 재료에게나 어울리는 일이지, 생명에게 어울리는 건 아닐 수 있다.

아무튼 조금 더 인간의 감정에 밀착해서, 인간의 마음으로, 인간의 기쁨과 즐거움으로, 인간의 감각적 향연 속에서, 인간의 균형과 의젓함으로 살아가고 싶다는 생각이 든다. 그럴 때 배우게 되는 건, 인간만 가진 어떤 특질로부터가 아니라 생명 보편의 특질로부터가 아닐까 싶은 생각을 자주 한다. 내 작은 희망 하나는, 살아가면서 내 삶이 조금씩 더 땅과 가까운 삶 쪽으로 이동하는 것이다. 노을을 향해 걷는 코끼리 떼나 둥지를 틀고 깊은 잠을 자는 어느 밤의 새 가족, 초원에서 엎치락뒤치락하며 뒹구는 새끼 사자를 닮아보는 일이다.

눈을 읽는
눈동자

　문득, 아이의 가장 그리울 모습 중 하나
가 나를 올려다보는 눈동자일 거라는 생각이 들었
다. 아직 나보다 작은 아이는 언제나 나를 볼 때 올
려다본다. 사실 허리춤 언저리에서 나를 '올려다보
는' 눈빛은 육아 시절 전체에서 잠깐 누릴 수 있는
한정판 눈동자이다. 이보다 더 어릴 때는 부모를 올
려다보기보다는 온 세상에 관심이 더 많고, 이보다
더 크면 바로 밑에서 올려다보는 일도 줄 것이다.
　특정 나이 대, 아이가 고개를 들어 굳이
부모를 초롱초롱한 눈빛으로 보는 이 시기에는 묘

한 의미가 있다. 눈앞에 있는 사물들을 만지고 빨고 뒤엎기 바쁘던 때도 지나고, 부모의 눈치를 보며 부모의 욕망과 자기의 욕망을 조율하는 걸 배우기 시작하면서 부모를 바라보는 때가 바로 이 시기이기 때문이다. 때로는 약간 전략적으로 불쌍한 눈빛을 보내기도 하고, 때로는 부모의 의사를 파악해서 자기 욕망을 실현하려는 독립된 의지가 살짝 엿보이기 시작하는 시기이기도 하다.

이런 시절 아이의 눈빛은, 그 자체로 어느 때보다 귀여운 데가 있다. 이제는 자기가 다 큰 줄 아는 면도 있지만 여전히 너무 어린아이다. 또 이전까지는 너무 어려서 부모와 좀처럼 오래 눈을 마주칠 일이 없었다면, 이제는 가만히 부모의 '눈을 읽는' 때이기도 하다. 때로는 울 듯 말 듯 한 표정으로, 때로는 장난기 어린 표정으로, 때로는 너무 좋아 신나는 표정으로, 눈을 지긋이 마주친다. 그 눈맞춤의 소통이라는 게 귀하기 짝이 없다.

이런 지긋한 '눈빛 교환'만으로 무언가 말하는 일이 인생에서 그렇게 많지 않다. 아내와 나만 하더라도 눈빛으로 무언가를 지긋이 말하는 일은 별로 없다. 하고 싶은 말이 있으면 하고, 삐지는 등의 이유로 말하고 싶지 않으면 눈 맞추기를 회피한다. 그러나 어떤 시절의 아이는 눈빛으로 가장 많을 걸 말한다.

요즘 아이의 '올려다보는' 눈빛을 만날 때는 주로 이럴 때이다. "아빠가 양말 신겨주면 안 돼?"라든지, "오늘 킥보드 타고 나가면 안 돼?"라든지, "TV 만화 한 편만 더 보면 안 돼?" 같은 식이다. 때로는 '혼내거나 안 된다고 해서 억울하다'라든지, '오늘은 엄마랑 자고 싶다'는 감정을 눈물 글썽이는 눈빛으로 말할 때도 있다. 혹은 이를 어색하게 드러내며 '더 놀면 안 돼? 나랑 놀아주면 안 돼?' 같은 걸 눈빛으로 말하기도 한다. 말간 눈으로 마음을 잔뜩 담아 보내오는 아이가 그저 귀엽기만 하다.

아이가 크는 속도는 그 눈빛이 사라지는 속도와 비슷하지 않을까. 아이 키는 벌써 아내의 가슴팍에는 오게 되었다. 유치원에서 키도 제일 크다는데, 쑥쑥 잘 자라줘서 고맙지만 약간 세월이 야속하기도 하다. 그러나 삶이 아쉽다면 그만큼 삶을 사랑한다는 뜻이라는 점에서, 이 아쉬움들도 소중히 간직하려 한다. 아마도 인간은 많이 사랑할수록 많이 아쉬워하고 그리워하도록 만들어진 모양이라고 생각한다. 그러니 세상 모든 아쉬움과 그리움을 끌어안고 오늘 하루도 살아보겠다는 생각을 한다.

책임질 것이 있는
어른이라서

　늦은 밤, 집으로 돌아오면서 문득 내가 책임질 것이 있어 다행이라고 생각했다. 만약 내게 책임질 아이나 가족이 없었다면, 나는 모든 것을 덜 견뎌냈을 것이다. 쉽게 포기하거나 관두고 도망친 기억들이 더 많아졌을 것이다. 그러나 나는 책임질 것이 있어서, 쉽게 도망치지 않고, 제멋대로 살지도 않으며, 나의 기질과도 싸워 이기곤 하는 순간들이 있다는 생각이 들었다.

　아내에게 그런 이야기를 하면서, 아마 내게 이렇게 지키고 책임져야 할 게 없었다면, 나는 지금도 금방 직장을 관두거나 하기 싫은 일은 피하면서 제멋대로인 '자유인' 흉내를 내며 살고 있을 것 같다고 했더니, 아내가 웃으면서 백번 공감한다고 했다. 그 대신 나는 일단 무엇이든 견뎌내며 감내하고 그 속에서 길을 찾아가는 법을 배운다.

결혼과 비가역적인 아이의 탄생 이후, 나는 매일을 붙잡기 위해 애썼던 것 같다. 결코 포기해서는 안 되고 지켜야만 하는 입장이 된 그 순간부터, 나는 전과 다른 어른이 된 것 같다. 무엇에 대해서도 너무 경솔해서는 안 되고, 징검다리 건너듯 신중하게 삶을 건설해야 한다. 그렇게 하지 않으면, 나는 아이의 울타리가 되어줄 수 없다. 그것이 내 삶에 더 세부적인 고민들과 선택들을 만들어낸다.

가령 예전 같았으면, 팟캐스트나 유튜브를 시작해보고 싶다면 그냥 다른 것들을 미뤄두고 해보면 되었다. 여행을 떠나고 싶으면 떠나면 그만이었다. 때려치우고 싶은 건 때려치우면 되었다.

그동안 통장 잔고가 줄어들긴 하겠지만, 그래도 별 상관이 없었다. 한동안 가난하게 살다가 또 열심히 벌면 된다고 생각했다. 그러나 이제는 새로운 시도를 한다고 해도, 하루하루의 삶을 유지하는 가운데에서 조심스럽게 이것저것을 더하는 방식으로 야금야금 해봐야 한다. 삶을 쉽게 내팽개치지 않으면서도, 삶을 조금씩 개척해가야 한다.

내 삶이 나만의 것이 아니기 때문에, 바로 그 이유로 삶을 더 정성스럽게 만들어가는 것 같기도 하다. 혼자일 적에는, 내 마음 가는 대로만 살다가 어느 날 비명횡사한다고 해도 상관없다고 믿기도 했었다. '청춘다운' 마음이라면 그런 것이고, 나의 약간 망상적인 기질 때문이라면 그런 것일 것이다. 그러나 이제 나는 내 삶, 그리고 우리의 삶을 강하게 책임지는 존재가 되었고, 그것이 나 자신도 더 낫게 만든다고 느낀다. 이를테면 이제 가족을 위해서라도 건강 관리도 하지 않으면 안 된다. 그럴 때면 나는 거의 항상 필립 로스의 소설 《에브리맨》의 한 구절을 떠올린다.

그는 늘 안정에 의해 힘을 얻었다.

- 필립 로스, 《에브리맨》, 정영목 옮김, 문학동네, 2009, 135쪽

이 구절은 10년도 더 전에 읽었지만, 그 때도 너무 강렬하게 와 닿았고, 지금도 그대로 기 억하고 있다. 그리고 이제야 그 구절을 더 정확하 게 이해하는데, 내게 그 구절은 '나를 강하게 하는 건 책임이었다'로 다가온다. 책임을 지면, 강해진 다. 삶을 신중하고 더 정확하게, 놓지 않고 지키며 만들어간다.

삶에서 가장 중요한 중심을 갓난아이처 럼 품에 끌어안고, 투명한 시야로 숲 너머를 바라 보듯 미래를 바라볼 필요가 있다. 그러면서 그 품 에 안은 것을 놓지 않고, 가시덤불을 지나고, 맹수 를 따돌리면서, 수분을 보충하고, 그 와중에 버섯 을 찾아내어 먹고, 하룻밤을 보낼 움막을 짓고, 그 렇게 어떻게든 그 숲을 지나, 들판을 찾아, 울타리 와 집을 지을 때까지, 쓰러지지 않고 이겨내야만 하는 것이다. 그러면서도 별이 뜬 밤이면, 아이에

게 노래를 불러주고, 햇살 맑은 날에는 풀피리도
불면서 그 시간을 사랑하기도 해야 하는 것이다.
그렇게 삶을 온전히 살아내는 것이다.

부모의
자리

작은 손으로 모래를 집어 들어 열심히 쌓는 아이의 뒷모습을 보고 있으면, 괜스레 마음이 뭉클해진다. 어른들은 더 이상 아무 관심도 없는 땅바닥의 모래에 몰입하는 것, 그 일에 열심인 것, 그 일을 사랑할 수 있다는 것 자체에서 묘한 이질감이 느껴지기도 한다. 한편으로는 그렇게 자신의 등을 내보이고 안심한 채 몰입하는 그 아이의 마음을 어쩐지 알 것 같기도 하다.

아이는 부모가 어디 갈 리 없다고 믿고서 그렇게 자기 일에 몰입한다. 사실 아이가 그토록 모래를 열심히 쌓을 수 있는 건 자기를 보아주고 있을 부모에 대한 믿음 때문이다. 그러니까 모래를 쌓고 있는 아이의 등을 바라보면서 나는 매 순간 아이의 믿음을 받고 있는 것이다. 그 의심의 여지 없는 믿음 앞에서 나는 괜한 뭉클함 같은 것을 어느 순간 느끼곤 하는 것이다.

그것은 내가 한 아이의 세계로 존재한다는 데서 오는 마음일지도 모르겠다. 그러나 시간 제한이 있는 세계, 임시적인 세계로서 이 순간 이 삶에 있다는 바로 그 느낌이 나를 어딘지 아련하게 만드는 것 같기도 하다. 언젠가 아이의 등 뒤, 나라는 세계의 자리는 사라질 것이다. 아이의 등 뒤에는 부모가 아닌 그저 망망대해 같은 세계가 있을 것이다.

부모의 자리란, 사라질 것이 예정된, 그럼에도 여기 있는 참 기묘한 자리라는 생각이 든다. 다른 어떠한 일에서도 삶의 이런 일시성 혹은 임시성을 느껴본 적이 없다. 그러나 아이가 무서운 속도로 크기 때문인지, 나는 이 삶의 덧없음이

나 흘러감을 그 어느 때보다 깊이 체험하는 듯하다. 나는 매 순간 아이를 떠나보내고 있다. 아이가 스스로 세상을 누빌 수 있는 독립적인 존재가 될 수 있도록 준비시키면서 말이다. 그나마 몇 개월쯤이면 끝나는 고양이 같은 동물의 부모 역할에 비하면, 조금 긴 세월을 부여받은 정도이다.

요즘 아이는 나만 보면 돌진하여 들이받는 '싸우기 놀이'에 심취해 있다. 달리 말하면, '아빠 괴롭히는 재미'로 살고 있다. 마치 다큐멘터리에서 보던 새끼 사자 같다. 어릴 적에 내가 아빠를 이렇게 들이받았던 기억이 없는 걸 보면, 이런 놀이도 얼마 안 남았다는 걸 알 수 있다. 아이 자신도 거의 기억하지 못할 놀이에 내 삶을 쓰고 있다. 그렇지만 나는 아이가 얼마나 이 놀이를 좋아했는지, 그 때문에 내가 얼마나 힘들었는지, 그렇지만 그 순간 아이의 웃음 소리와 웃는 표정을 얼마나 좋아했는지를 죽기 전까지도 기억할 것이다.

이상한 말 같지만, 그렇게 아이가 있는 삶은 죽음과 가까워진다. 삶이 짧다는 것, 모든 게 일시적이라는 것, 잠시 머물다 이별하는 일이라는 것을 어느 때보다 깊이 실감한다. 작년에 봤던 아이의 등은 올해 조금 더 넓어졌고 길어졌다. 아이는 가끔 부모가 없는 곳까지도 달려간다. 그러면 나는 아직 떠나지 말라는 듯 한참을 부리나케 달려 아이를 쫓아간다. 아이를 잡아서는 "이렇게 멀리 도망가면 어떡해!"라고 하면서, 배시시 장난스럽게 웃는 아이를 들어 올린다.

모래, 갯벌, 튜브, 달리기, 물장구, 싸우기 놀이, 놀이터…. 이런 것들은 한 시절의 일이다. 이 모든 걸 지나치게 사랑하고 끝내야 한다. 마치 삶처럼 말이다. 지나치게 사랑하고는 놓을 수 없어 아쉬워하게 될 이 삶처럼, 이 시절이 놓여 있다.

나를 위해
흘리는 눈물

　　살아가면서 누구나 한 번쯤은 자책감에
울 때가 있다. 내가 나를 이기지 못한 것, 잘못된 선
택을 한 것, 스스로의 유혹을 이기지 못한 것 때문
에 운다. 그저 내가 나를 이겼으면 되는 것인데 그
러지 못했다는 것이 너무나 한스러워서 그렇게 운
다. 그러나 사실 인간이 가장 이기기 어려운 건 원
래 자기 자신이 아닐까 싶다.

　　삶이란 기이하게도 자기 자신과 전쟁을
벌이는 일로 거의 수렴된다. 내가 내 감정이나 마
음을 잘 다스릴 수 있었다면, 내 안의 욕망이나 유

혹을 잘 억누를 수 있었다면, 내 삶의 대부분의 문제들은 존재하지 않았을 것만 같다. 내가 나를 이기기만 했다면, 나는 아마 더 나은 결과를 만들거나 진짜 내가 원하는 삶을 살아갈 수 있을지도 모른다고, 누구나 생각하는 순간이 있다.

내 아이는 잘 울지 않는 편인데, 엉엉 울 때는 주로 억울할 때인 것 같다. 실수로 잘못을 하거나, 자기 나름대로는 규칙을 지키려고 애썼는데 지키지 못하거나, 자기가 자신을 다스리지 못해 충동적으로 잘못했을 때 엉엉 운다. 자신은 잘하려고 했지만 그러지 못해서, 혼날 만한 건 알지만 자기 나름엔 애썼다는 걸 말하고 싶어서 한참을 울먹이곤 하는 것 같다.

사실 어른도 아이와 다르지 않아서, 자기 나름대로 애썼지만 결국 자신에게 지고 말았을 때 엉엉 울고 싶어지는 게 아닐까 싶다. 아니면 역시 진심은 아이와 다르지 않게, 누군가 나의 애씀을 알아줬으면 하는 마음일지도 모른다. 나도 잘하고 싶었는데, 누군가 알아주거나 안아줬으면 하는 마음이 자책감과 맞닿아 있는 건 아닐까 싶기도 하다. 그럴 때 우리는 자기 자신을 위해 운다. 스스로에게조차 완벽을 요구받는 내가 가엾어서 울게 된다.

나는 변호사 시험이 끝난 다음 날, 오전 내내 펑펑 울었다. 그저 그 시간이 힘들어서였다기보다는, 이상하게 아이 생각이 많이 나서였다. 로스쿨을 다니는 내내 초조한 마음으로 쫓기듯이 시간을 보내면서 아이에게 충분히 충실하지 못했던 것만 같아서 그 미안함에 그렇게 눈물이 났다. 바다로 놀러 가도 아이랑 어느 정도 놀아주고는 바닷가에 누워 공부를 하곤 했다. 아이를 품에 안고 온라인 강의를 듣거나, 아이랑 놀이터에 가면서 이어폰으로 강의 녹음 파일을 듣기도 했다. 그런 날들에 대한 묘한 자책감이 나를 그렇게 울게 했었다. 그 눈물은 아이를 위한 것이기도 했지만, 아마 그 시간들의 압박감을 견뎌낸 나를 위한 것이기도 했을 것이다.

세상은 다른 사람을 위해 흘리는 눈물은 아름답다고 하지만, 나를 위해 흘리는 눈물을 두고 아름답다고 말하지 않는 것 같다. 그러나 그 속에도 아름다움이랄 게 있을 수 있다. 그 애씀, 인간으로 결코 완벽할 수 없는 애씀, 신이 아니기에 완전함을 실현하는 게 아니라 불완전하게 애쓸 수 밖에 없는 인간성, 그것이 아름답게 느껴질 때가 있다. 실수로라도 엄마나 아빠를 아프게 때리지 않으려 세심하게 애쓰는 아이의 마음처럼 말이다. 그러다 실수로 세게 때려서 엄마나 아빠가 "악!" 소리를 지르면 먼저 엉엉 울어버리는 아이의 마음이란 어딘지 예쁜 데가 있다.

우리는 다른 사람을 위해 울어야 한다는, 그런 거창한 요구를 받곤 하지만, 그 전에 자기 자신을 위해 울어도 좋을 듯하다. 울고 나면 그 애쓰는 마음을 또 지켜낼 수 있다. 자기 자신을 위해 우는 사람들이 지지 않고 그 마음을 지켜낼 수 있으면 좋겠다. 그러고 나면 우리는 그 마음을 알기 때문에, 다른 누군가를 가엾게 여기고, 사랑하며, 그를 위해 울어주는 일에 관해서도 알게 될 것이다.

그 어떤 세상의 소음도
스미지 못하지

아내가 쓴 글을 읽었다. 무척 마음을 울려서 공유해본다. 우리는 아마도 함께 성장하고 있나 보다. 연애하던 시절, 철없는 말괄량이 같았던, 내가 소년 같다고 말하던 여자가 생각난다.

은은하게 실내를 비추던 노란 조명이 모두 꺼졌다. 순식간에 칠흑 같은 어둠이 공간을 덮쳤고, 연신 들려오던 요가 강사 선생님의 나긋한 목소리도 완전히 잦아들었다. 쉴 새 없이 지령을 따라 움직이던 나의 몸도 이제야 할 일을 모두 마치고 어둠 속에서 자취를 감추었다. 내가 여전히 살아 있는 누군가라고 믿을 수 있게 하는 것은 도시의 밤이 쏟아내는 빽빽한 소음뿐이었다. 내가 사라지고, 내가 아는 모든 이가 사라지더라도, 지구가 한 순간 폭발하지 않는 이상 이 소음만큼은 영원할 것이라는, 엉뚱하지만 조금은 슬픈 생각이 들었다.

그때였을까, 갑자기 이 완전한 어둠 속에서 나는 목 놓아 엉엉 울고 싶어졌다. 아니, 붉어진 마음은 이미 흘러내리고 있었다. 딱히 내게 슬픈 일이 있었던 것도, 슬픈 생각을 하고 있었던 것도 아니었다. 단지 나를 덮어주는 어둠의 까만 그림자가 울기에 편안했을 뿐이었다. 사실 요즘의 나는 누리고 즐기는 것보다는 해야만 하고 해내야 하는 것이 훨씬 많다. 대부분의 사람들이 그렇게 부모가 되어 삶의 의무와 사랑하는 이에 대한 책임감을 배워가며 어른이 되어간다. 나 역시 그러하다. 이 시절은 분명 고되고 초라하여 나의 몸과 마음을 으스러뜨리지만, 나는 그 어느 때보다도 성장하고 있다. 그리고 성장은 아픈 것이 맞았다.

'엄마'라는, 나에게 새로이 부여된 역할은 15개월이 넘어가도 좀처럼 쉬워지지 않는다. 3~4시간마다 잠에서 깨어나 울어대는 신생아를 돌보는 일이 육아에 있어서 제일 힘든 일인 줄 알았던 것은 큰 오산이었다. 퉁퉁 부었던 손가락 마디가 모두 원래대로 돌아와 들어가지 않던 결혼반지가 다시 넉넉하게 흘러내릴 때쯤, 아기는 부지런히도 문명의 기본기를 익혀나갔다. 손으로는 문을 밀고 닫고, 손잡이를 당기고 넣고, 튀어나온 것을 누르고 또 눌러본다. 그의 보드라운 발도 더 이상 공중에만 머무르지 않는다. 처음에는 발등으로 집 안을 쓸고 다니다가 결국 두툼하고 고운 발바닥이 지면에 닿았다.

글은 실제 모습보다 언제나 쉽게 읽힌다. 누워만 있던 아기가 어느덧 걷고 뛰는 아이가 되어간다는 것만큼 이해하기 쉬운 사실도 또 없을 것이다. 하지만 이를 한 순간도 놓치지 않고 지켜보고 있노라면, 빨대로 물을 마실 수 있게 되는 일이, 숟가락으로 무언가를 퍼서 입에 넣을 수 있게 되는 일이, 계단을 오르락내리락할 수 있게 되는 일이 정말이지 그냥 되는 일이 아님을 알 수 있게 된다. 그의 배우고자 하는 의지와 집념은 박수받아 마땅한 것이 되고, 그의 옆에서 나는 생의 경이로움과 더불어 인내심을 배워나간다. 늘 낮잠까지 넉넉히 자면서도 매일 밤 곯아떨어지는 녀석도 녀석이지만, 그의 옆에 그림자처럼 꼭 붙어 지내야만 하는 나의 고단함도 낮밤을 가리지 않고 그 무게가 점점 더 진해져만 간다.

　　　행여 나의 글을 읽게 되는 어느 왕년의 '육아맘' 혹은 현업의 '육아맘'은, 요가 수업이라도 들을 수 있는 내가 복에 겨웠다고 할지도 모르겠다. 정기적으로 시간을 할애해야 하고, 대신 아기를 돌봐줄 누군가가 반드시 있어야만 하는, 생각처럼 쉽지만은 않은 일을 하고 있으니 말이다. 일주일에 세 번 갈 수 있는 수업을 웬만하면 한두 번이라도 꼭 갈 수 있게 도와주는 남편에게 고마울 뿐이다. 남편은 한창 밝기만 했던 나의 모습을 기억한다. 그리고 그 점이 못내 안타까워 나에게 많은 것을 권하고, 또 허락한다. 하루 종일 서서 마이크도 없이 네다섯 시간을 거뜬히 수업하던 나인데, 집에서 아이를 돌보면서 지내는 일은 어쩐지 더 힘이 든다. 어쩔 때에는 앉아 있을 힘도 없어서 가만히 바람 빠진 공기 인형처럼 누워 소리 없이 눈물만 흘리는 날들도 있었다. 그러는 날들이 여러 번 남편에게 목격되었을 때, 나는 그에게 반 등 떠밀려 동네 내과 의원에 찾아도 갔다.

　　　"온몸에 힘이 없고, 자주 어지러워요. 불면증도 있고, 요즘 들어 가슴이 답답해 숨 쉬는 일이 힘들어요. 그래서 그런데요, 아무래도 빈혈인 것 같아 피검사를 좀 해보고 싶어요"라는 나의 자초지종을 듣고 의사 선생님은 몇 가지 질문을 하셨고, 나는 내 상황에 대해 더 얘기할 수밖에 없었다. 보통은 더 많은 환자를 보기 위해 본인 말만 쏟아내는 의사들을 줄곧 봐왔기에, 나의 이야기를 경청해주는 친절한 그가 좋은 사람처럼 느껴질 정도였다. 너무 길지는 않았던 나의 현 상황을 쭉 듣던 의사가 조금은 슬픈 눈썹을 하며 조심히 입을 떼었다.

　　　"말씀하신 모든 증상이 우울증 같아요. 낯선 곳에서 산후에 육아하면서 스트레스를 많이 받으셨나봐요."
이상하게 '우울증'이라는 단어가 세상 밖으로 꺼내어지자 나는 너무 슬퍼 의사 선생님 앞에서 어린아이처럼 울어버리고 말았다. 그렇게 울면서 빈혈검사를 위한 채혈을 했고, 생애 첫 수액을 맞았다. 수액이 다 들어가는 30~40분 동안 눈이라도 붙이라고 했건만, 나는 어색하고 낯선 공간에서는 쉬이 눈을 감고 있을 수조차 없는 사람이었다. 가만히 침대에 누워 수액이 한 방울, 두 방울 떨어지는 것을 바라보기만 했다. 의사 선생님 말씀대로 정신의학과에 한번 내원을 해봐야 할까, 약을 먹으면 고통스럽던 신체 증상들이 정말 사라질까, 이 에피소드를 이야기하면 남편 표정은 어떨까, 대략 이런 생각들이 스쳐 지나갔던 것 같다.

수액의 효과는 '영'에 가까웠고, 며칠 뒤에 통보받은 빈혈검사 결과는 '정상'이었다. 차라리 빈혈이어서 이렇게 몸이 힘든 것이면 좋으련만, '정상'이라는 결과는 의외로 이렇게 내게 아쉬움을 남겼다. 아기를 사랑하고 아끼는 마음과는 별개로, 일상에서 누적되는 스트레스에는 속수무책으로 당할 수밖에 없음에, 나의 한없는 나약함을 확인하는 나날들이 지속되어갔다. 그에 반해 아기는 나날이 사랑스러워지고 강해져간다.

사랑이라고 부르기에는 무언가 부족했던 우리 사이도 달라졌다. 그는 나의 눈을 똑바로 응시한 채 "엄마"라고 부르며, 내가 시야에서 벗어나면 진심으로 슬퍼할 줄 알게 되었다. 내가 먼 곳에서부터 나타나면 세상의 모든 근심이 사라지는 듯한 환한 미소를 띤 채, 두 팔 벌려 내게 달려와 안긴다. 내가 억지로 얼굴을 잔뜩 구겨서 우는 시늉만 해도 나의 감정을 자신도 똑같이 느낀다는 듯이 덩달아 무척이나 슬프게 울어버린다. 난 사랑이 무엇인지 감히 알지 못하지만, 내가 그에게 느끼는 감정이 사랑임은 알아차릴 수밖에 없었다.

　　태어나 내가 터득한 생존 전략이란 거의 모두 '사랑받기' 위한 것이었다고 말할 수 있을 것이다. 셋째 딸로 태어나 늘 남동생이 태어날 것을 전전긍긍하며 살았고, 사랑받기 위해 태어난 존재가 아닌, 사랑받기 위해 부단히도 애써야 하는 존재로 살았다. 그래서인지 반려견은커녕 병아리 한 마리 책임지고 돌봐본 적 없는 나는, 나 아닌 누군가를 위해 과일 한번 제대로 깎아본 적 없었다. 누군가에게 사랑받기만을 애타게 원해왔지, 누군가에게 정성을 쏟아가며 전적으로 책임져야 하는 일은 아마 내가 태어나 가장 원치 않은 일이었는지도 모른다. 알량한 타인의 도움 따위는 받지도 주지도 않겠다는 것이 삶의 신조이기도 했던 나는, 뒤늦게 성장하느라 그 누구보다 심한 성장통을 앓고 있는 중이기도 하다. 세상의 모든 엄마들이 나처럼 이렇게 힘들게 엄마가 되어가지는 않을 것이다. 하지만 분명 모두들 자신이 주인공인 삶에서 자신을 내려놓는 쉽지 않은 경험을 힘겹게 해나가고 있는 중일 것이다.

　　여전히 나는, 계절마다 아기의 침구를 모두 바꿔주고, 아기에게 손수 만든 전복죽을 끓여 먹이며, 매일 부지런히도 아기의 식기와 장난감을 소독하면서도 어딘지 모르게 활기찬 그녀들을 마주할 때마다 초라해진다. 초라한 내 모습이 밉고 싫어 이대로 까만 어둠의 세계로 혼자 도망가 울고 싶기도 하고, 확 죽어버리고 싶기도 하다. 그럴 때마다 "난 정말 육아 적성이 아닌가 봐"라며 손사래를 치며 웃어넘기지만, 어쩐지 자꾸만 작아지는 나 자신에게 관대해지기란 말처럼 쉽지만은 않다. 하지만 분명 배워가는 것은 있다. 나밖에 몰랐던 내가 누군가를 진심으로 사랑하는 법을, 어쩌면 태어나 처음으로 알아가는 중인 것이다. 마치 거짓말처럼, 아기와 집에 머무는 동안은 어떤 세상의 소음도 우리에게 감히 스며들지 못한다.

2부

서로에게
배우는 시간

첫 이
뽑는 순간

    하루는, 처음으로 아이의 이를 뽑았다. 인터넷에서 본 대로 아이를 눕히고 실로 매듭을 만들어 이를 묶은 다음 힘껏 당겼는데, 처음엔 실패했다. "아프기만 하고." 아이는 약간 의젓하게 투덜거렸다. 아내가 아이를 눕히지 말고 앉히고 하자고 제안해서, 아이를 앉힌 다음 이번에는 그냥 내 식대로 묶었다. 그러고는 힘껏 당겼다. 아이의 이가 처음으로 아이의 입안에서 떨어져 나왔다.

    우리는 이 사건에 다소 뭉클하고도 아쉬운 묘한 느낌이 들었다. 아이의 이가 처음 나던 때가 엊그제 같으니 말이다. 아내는 아이의 이가 처음 흔들리는 걸 발견하곤 "여보!" 하고 안방에서 소리쳐 나를 불렀다. "이가 흔들려!" 마치 대사건이라도 일어난 것처럼 우리는 드디어 '올 게 왔구나' 생각했다. 아이가 이제 더 이상 아기가 아니라는 것, 부쩍 컸다는 사실, 시간이 훌쩍 흘렀다는 걸 인정해야만 하는 그런 순간이었다.

생각해보면, 나도 당연히 내 유치가 나던 순간은 기억나지 않지만, 엄마가 실로 묶어 이를 뽑아주던 기억이나 이가 빠져 맨들맨들하던 잇몸의 느낌은 생생하다. 아이는 커가며 점점 기억으로 시간을 쌓아간다. 우리는 부쩍 추억을 나누는 일도 잦아졌다. 예전에 여기 왔었잖아, 거기에서 무슨 놀이 했었잖아, 그때 그거 먹었었잖아. 그럴 때 아이는 제법 소년 같다.

아이의 첫 이는 집에서 뽑을 계획이었기 때문에 미리 포켓몬 인형을 주문해두었다. 아이가 베개 밑에 이를 놓고 잘 때 이빨 요정에게 어떤 선물을 받고 싶은지 미리 소원을 빌게 했기 때문이다. 아이는 선물을 받고 싶어서 빨리 이를 뽑길 바랐다. 뽑고 나면 다시 돌이킬 수 없어 묘한 아쉬움을 느끼는 엄마 아빠 마음도 모르고 말이다.

　　마침 그날은 또 셋이서 함께 인근 계곡에 가서 다슬기를 잡아온 날이기도 했다. 처음 이를 뽑는 날을 기념해 다슬기 몇 마리를 데려와서 어항을 예쁘게 꾸미고 키우기로 했다. 다슬기한테 거북이 사료를 몇 알 줬는데 무섭도록 역동적으로 달려들어 먹는 걸 보고 나는 깜짝 놀라기도 했다. 바위에 늘 가만히 붙어 있는 녀석들인 줄 알았지, 이렇게 재빠르고 역동적인 생명체인지는 도통 몰랐던 것이다. 아내는 누구를 위한 다슬기냐며, 어항 앞에 혼자 한참을 앉아 있는 나를 보며 웃었다.

　　아이랑 한참 다슬기 잡고, 달리기하고, 장수풍뎅이 찾으러 다니며 노는 날 보며, 아내는 또 "여보한테 아이가 있어서 참 다행이네" 했다. 내가 "아이한테 아빠가 있어서가 아니고?"라고 반문하자, 아내는 "응" 하고 대답했다. 어쩌면 그런지도 모른다. 한 시절, 이 작은 손을 잡고 계곡과

숲, 공원을 누빌 수 있어서 다행인 건 역시 나일지도 모른다.

　　아이가 있어서 참 좋은 것은, 삶의 이벤트들이 계속 찾아오기 때문인 것 같다. 첫 이 나던 순간부터 첫 이 뽑는 순간까지, 처음 아이를 어린이집에 두고 나올 때의 눈물 날 것 같은 마음, 유치원에 가고, 처음 아이 방을 만들어주고, 또 곧 처음 학교에 갈 일 같은 것들이 삶에 계속 잔잔한 파문을, 새로운 전대미문의 설렘과 아쉬움 같은 것을 동시에 주곤 한다. 이 모든 일들이 살아 있는 일이구나, 느끼게 한다. 이런 경험들을 할 수 있어서 감사한 마음이 든다.

　　무럭무럭 자라나 아이가 엄청나게 대단한 인물이 되길 바라진 않는다. 대단한 결과물을 바라면서 아이를 키우는 건 아니다. 그저 처음 기저귀를 떼고, 처음 이를 뽑고, 처음 혼자 잠들고 하는 그 나날들이 그 자체로 감격스러워서, 그저 그런 경험들이 고마워서 아이와 함께 살아간다. 아이는 아이의 삶을 살 것이다. 그러나 지금 아이의 삶은 우리와 함께 있다. 남은 이도 다 뽑아줄 것이다. 아직은 우리가 너를 꼭 껴안고 있을 것이다. 그러니 아빠와 엄마한테 꼭 붙어 있어라. 네가 스스로 삶에 나설 수 있을 때까지, 온 마음을 다해 사랑하며 이 시절을 함께 보내자.

딱 알맞은 행복

우리 집 앞에는 작은 공원이 하나 있다. 서울숲이나 올림픽 공원처럼 으리으리하진 않지만, 그래서 나는 이 공원이 더 마음에 든다. 공원 규모는 작지만 큰 나무들이 우거져 있고, 작은 연못과 아이들의 모래 놀이장이 있다. 우리에겐 이 정도 크기의 공원이 딱 알맞다. 어디 근사한 곳에 가면 나는 이 동네 공원이 그립다. 얼른 동네로 돌아가 저녁 공원 산책이나 하고 싶은 그리움이 피어오른다.

눈이 오면, 이곳에서 작은 눈사람을 만

든다. 여름이 되면, 수돗가에서 물을 퍼 날라 모래
놀이를 하느라 온몸이 흙탕물 천지가 되고 만다. 봄
이나 가을이면, 시원한 바람을 맞으며 부지런히 걷
는다. 나는 이 작은 공원이 우리의 크기라고 느낀
다. 너무 작으면 답답하고, 너무 크면 막막하다. 우
리는 우리의 그릇에 알맞은 공간에 살고 있다고 느
낀다.

얼마 전에는 아이와 아내랑 같이 덕수궁
을 걸었다. 역시 으리으리한 경복궁 같은 곳보다는
이 작은 궁이 우리의 크기라 느꼈다. 셋 다 너무 지
치지 않게 나무 그늘 아래를 걷기 좋은 곳이라 생각
했다. 특히 그곳에는 작은 연못이 하나 있었는데 그
연못을 구경하는 게 참 좋았다. 두 마리의 오리, 새
끼손가락만 한 미꾸라지들, 고동들, 작은 연잎들이
마치 우리에게 꼭 맞는 크기들의 무엇 같았다.

한번은 조카들을 차 뒤에 태워서 다섯이
서 아내 친정 근처의 다소 한적한 지역 공원을 찾
은 적이 있다. 그 공원 역시 조용하고 작고 사람 없
는 그런 곳이었지만, 우리에게 딱 알맞게 느껴졌

다. 작은 개울에서 송사리를 잡았다 놓아주고, 작지만 셋이서 달리기에 충분한 풀밭에서 달리고, 연잎과 연못을 역시 또 구경하고 나니, 더 이상 필요한 게 없었다.

그런데 그런 알맞음, 그런 만족을 알게 하는 건 아이라는 생각이 든다. 아이는 으리으리한 걸 원하지 않는다. 아이가 세상에서 가장 좋아하는 곳은 방 두 개밖에 없는 작은 우리 집이다. 아이는 자신이 힘껏 달리기에 충분한 작은 공원을 좋아한다. 아이의 욕망에는 한계가 있고, 아이의 호기심은 작은 곳에서 무한을 본다. 공원 안의 작은 디테일들, 이를테면 애벌레, 개미, 달팽이, 세 개의 미끄럼틀, 하루 종일 팔 수 있는 모래알들은, 아이가 자기 욕망을 펼칠 수 있는 '알맞은' 공간들이다. 아이가 그렇게 만족하면, 나도 더 이상 필요하다고 느끼지 않는다.

셋이 함께 있는 게 좋을 때 알맞음, 만족, 욕망의 한계를 배운다. 만약 그것이 좋지 않다면 불협화음, 불만족, 결핍, 욕구불만에서 벗어날 수 없을 것이다. 우리가 함께 나이 들어가면서, 그런 알맞음을 더 많이 느낄 수 있는 삶을 살았으면 싶다. 삶을 살아가며 여러 가지 것들을 배우지만, 그중 참으로 중요한 게 알맞음이라는 생각이 든다. 나에게는 내게 맞는 그릇이라는 게 있다. 딱 그 그릇만큼을 사랑하면 된다. 이 시절 그 그릇은 욕심 많은 어른의 마음을 어린이용 식기에 맞게 바꾸어 놓는 것 같다.

작고 사소한 날들이
나를 살린다

　　아이의 손을 잡고 동네 공원으로 나서
는데, 이 동네의 고요함과 한적함이 너무 소중하게
느껴졌다. 해야 할 일들의 압박감, 책임감, 스트레
스와 어지러운 세상에 대한 어떤 죄책감과 중압감
으로 뒤죽박죽되어 있던 마음이 녹아 흐르는 게 느
껴졌다. 아이의 손을 잡고 하늘 아래를 거닐고, 단
풍의 얼룩 같은 작은 것들에 집중하면, 늘 치유된
다는 걸 느낀다.

　　아이가 나를 치유시키는 방식은 신기하
다. 가령 아이는 도로에 있는 하얀색 페인트는 밟

으면 안 된다고 주의를 준다. 그 이유는 하얀색 선이나 글자 같은 것들은 다 상어이기 때문이라는 것이다. 그러면 나는 아이와 함께 그 하얀색 밟지 않기에 신경 쓰느라 다른 것들을 잊어버린다. 하얀색을 밟은 나는, "이히히! 나는 이제 상어한테 잡아먹혀서 아빠 유령이 되었다" 하고, 그러면 아이는, "수리수리 마수리, 다시 아빠가 되라, 얍!" 하고 외치고, 나는 "어?! 아빠가 방금 유령이 됐었어" 하고, 아이는 "상어를 밟아서 그래"라고 한다. 길을 걸으며 이걸 열 번쯤 반복한다.

그러다 문득 고개를 돌리면, 은행잎으로 가득 메워진 길바닥이 보이고, 그 위의 푸른 하늘이 보이고, 반짝거리는 연못 같은 게 보인다. 그러면 나는 이 작은 놀이 같은 것에 집중하느라, 쉴 새 없이 내게 놀이를 제안하고 장난을 치고 무언가에 호기심을 갖는 아이를 쫓느라, 내가 금방 치료되어버렸다는 걸 깨닫는다. 머릿속은 어느덧 깨끗해져 있고, 내 앞에는 아이와 보낼 하루가 투명하게 주어져 있다.

아이랑 둘이 마트에 가서 작은 장갑을 하나 사주고, 천 원짜리 지네 장난감도 사주었다. 돈가스와 우동을 사 먹고, 나는 겨울에 입을 셔츠 하나를 골랐다. 우리는 둘 다 마트를 좋아한다. 아이랑은 마트에서 나오면 놀이터를 가기로 약속을 해두었다. 주중에 회사에서 돌아오면 늦은 시간이 되어버려서 아이랑은 놀이터에도 공원에도 가지 못했다. 대신 주말에는 실컷 놀아주기로 했다. 놀이터에서 나는 악어가 되었고, 아이를 쫓아 달렸고, 그렇게 한참을 놀았다.

지난 주말도, 이번 주말도 큰 욕심을 내지 않았다. 동네나 인근에서 소소하게 시간을 보냈지만, 그것보다 더 나은 시간은 없다고 생각했다. 이번 주말 하루는 아이와 둘이서 보냈지만, 하루는 아내까지 셋이서 보냈다. 가장 가까운 한강 공원에 가서, 아이는 놀이터에서 신나게 뛰어 놀고, 우리는 한강 편의점에서 라면을 먹고, 셋이서 모처럼 배를 탔다. 나를 위해서라기보다는 아이와 가족을 위해서라 믿고 하나하나 쫓다 보면 하루가 채워진다. 그리고 어느덧 그것은 나를 위한 시간이 되어 있다.

　　　작고 사소한 날들이지만, 이런 날들이 나를 살린다는 걸 기억하고 싶어서 적어둔다. 사람을 살리는 건 이런 아주 작은 것들이 전부가 되는 순간들이라는 걸 기억하고자 이 날들을 남겨둔다. 놀이터의 밧줄에 매달려 웃고 있는 아이의 모습, 아내랑 침대에 누워 옛날 동영상을 들여다보는 순간, 늦은 밤 혼자 책이나 만화를 보다 글을 쓰는 시간, 날씨가 좋은 날의 하늘이나 나뭇잎의 색깔, 하루를 가득 채우는 아이와의 시시껄렁한 장난, 아내와 주고받는 별거 아닌 농담이나 어리광, 결국 그런 것들 때문에 살게 된다는 걸 매번, 다시 또 배운다.

내 마음은
없어?

아이는 종종 "내 마음은 없어?"라며 운다. 다르게는, 나에게 와서 "아빠, 엄마가 내 마음은 없대"라며 울곤 한다. 무슨 말인지 들어보면, 자기 마음대로 되지 않는 일이 발생했을 때 하는 말이다. "아빠는, 엄마는, 이렇게 하고 싶어. 그런데 이번에는 네가 양보해야 해"라고 했을 때, 가끔 아이는 "그럼 내 마음은 없어?"라며 따지는 것이다.

셋이서 살다 보면, 셋의 마음이 충돌할 때가 생긴다. 아이는 놀아달라고 하는데, 우리는 너무 많이 놀아줘서 쉬고 싶을 때도 있다. 그러면

"지금까지 많이 놀아줬으니까 이제 엄마 아빠는 좀 쉴 거야. 그러니까 그림 그리면서 놀고 있어"라고 말하게 되고, 아이는 때로는 수긍하지만, 때로는 반발한다. 자기 마음이 있는데 어떡하냐고 호소하는 것이다.

보통 아이는 단순히 부모의 명령에 복종해야 하는 게 아니라, 부모도 복종해야 하는 더 상위의 법이 있다는 걸 이해하면서 성숙한다. 무조건 아빠 말을 들어야 하는 게 아니라, 모두가 들어야 하는 말(법·윤리·규칙·원칙)이 있다는 걸 알게 되면서 사회에 적응할 수 있는 마음의 시스템을 만드는 것이다.

그러나 이런 원칙 못지않게, 때로 우리는 타인의 마음을 이해하고 공감하며, 나의 마음과 타인의 마음을 조율하는 법도 익혀야 한다. 전자가 "하면 안 돼"라는 규칙의 확립을 통해 배우는 법과 사회의 영역이라면, 후자는 보다 미묘하게 사람 사이를 이어주는 관계와 삶의 영역이다. 우리가 살아가면서 더 섬세하게 익혀야 하는 것은 바로 이 후자의 영역에서 살아가는 법이다. 실시간으로 변화하고, 고정된 것 없이 흘러가는 나와 너의 마음을 조율할 줄 알아야 한다.

사랑이란 무엇인가? 나의 의무와 너의 의무 목록을 천 가지의 계약 조항으로 만드는 일이 아니다. 물론 사랑에도 몇 가지 필수적인 의무는 필요하지만, 그보다 더 중요한 건 실시간으로 당신에게 기울이는 마음이다. 사랑을 가르친다는 것은 바로 그런 마음을 알려주는 일이다.

나는 이렇게 대답한다. "아니, 네 마음도 있고, 아빠 마음도, 엄마 마음도 있지. 그러니까 아까는 네 마음을 들어주었고, 지금은 아빠 마음을 들어주고, 다음에는 엄마 마음을 들어주자. 그러면 모두 한 번씩 행복하겠지."

아이에게는 형제가 없으니, 대신 일찍부터 부모와 마음을 조율하는 게 중요하다고 느끼곤 한다. 때론 무조건적인 사랑을 베풀기도 하지만, 때론 조건부 사랑을 제시하고, 때론 대등한 사랑을 연습한다. 그 모든 일이 삶에서 배워야 할 감정 연습, 사랑 연습인 것이다. 한 사람도 빠짐 없이 모두에게는 마음이 있다는 것, 살아가면서 아이는 그것을 배우게 될 것이다.

　　마찬가지로 그것은 내가 부부가 되고, 부모가 되면서 가장 절절하게 배우는 것이기도 하다. 우리 삶은 내 마음이 마음대로 실현되는 장이 아니다. 그보다는 소중한 여러 마음들이 조율되어 나가는 것이 삶이다. 이 조율이 귀찮고 싫으면, 나는 삶의 가장 소중한 것들을 버려야 한다. 반대로 이 조율을 익히면, 내 삶의 가장 사랑하는 것들을 지킬 수 있다.

다른 이의 입장을
상상해보는 일

친구가 매미를 죽여버릴 거라고 말한 것 때문에 아이는 엉엉 울었다. 아이는 매미가 착하다고 죽이지 말라고 했지만, 친구는 매미가 나쁘다고 죽일 거라고 했다. 물론 말뿐이긴 했지만 아이는 집에 돌아와서도 그 이야기를 했다. "매미 착하지? 매미 죽이면 안 되지?" 나는 그렇다고 말해주었다.

사실 아이가 그렇게 매미를 아끼게 된 이유가 있었다. 그 친구를 만나기 전에, 공원에서 아이랑 나는 같이 매미 한 마리를 구해주었기 때문이다. 비를 맞아 힘없이 땅에 떨어져 있는 매미를 나무 위에 올려주었다. 아이는 항상 그런 일에 납득하는 편이다. 게든 달팽이든 매미든 저마다 엄마와 아빠에게 돌아가야 한다는 걸 납득한다. 그래서 자신의 소유욕보다는 그 생물들의 입장을 이해해 돌려보내준다.

얼마 전, 아이랑 나는 새끼 명주달팽이 몇 마리를 잡아왔다. 여기에는 약간의 명분이 필요했다. 달팽이들이 아주 작고(개미만 한 수준이다), 이 달팽이들을 노리는 개미들도 있으므로, 우리가 데려와서 잘 지켜주고 어른이 되면 다시 놓아주자는 것이었다. 실제로 달팽이들은 우리 집에 와서 수박 껍데기 먹으며 호화 생활을 하고 있다. 조금 크면 가족을 다시 만나라고 놓아줄 것이다.

오늘 저녁에도 아이랑 둘이 저녁 산책을 하면서 공원 길에 나와 있는 매미 굼벵이들을 보았다. 아마 비가 많이 와서 땅에서 나온 것인지, 나왔다가 비 맞고 떨어진 것인지 몰라도, 우리는 굼벵이들을 구해 나무에 올려주기로 했다. 아이랑 처음으로 살아 있는 굼벵이들이 나무로 기어 올라가는 걸 보면서, "매미 잘돼서 잘 살아" 하고 인사했다. 비 내린 다음 날이면, 우리는 지렁이 구하기를 하나의 미션 삼아 주변을 돌아다니기도 한다.

나는 교육에 대해 잘 모르지만, 아마 이렇게 다른 생물의 입장을 '상상'해보는 것도 하나의 교육일 거라 생각한다. 다른 생물의 입장을 상상하는 습관을 들이다 보면 다른 사람의 마음도 상상하는 데 익숙해질 것이다. 다른 사람의 입장을 상상하는 것이 곧 공감 능력이고, 사실 이 능력이야말로 인간이 살아가는 데 있어서 가장 중요한 능력이라 생각한다. 아이랑 나는 매일 공감 능력을, 다른 존재의 입장을 상상할 수 있는 힘을 기르는 연습을 하는 것이다.

이것은 마냥 '착하게 살자'가 아니라, 오히려 '정확하게 알자'에 가깝다. 오로지 나의 중심으로만 세상 모든 것을 바라보기보다는 타인의 입장이라는 것을 이해할 수 있어야만 나도, 관계도, 세상살이도 더 정확하게 인식할 수 있다. 어른이 되면 타인과 타협하고 협상하고 거래해야 할 일들이 매일 일어나는데, 내 입장에서 타인을 이용하고 사기 치는 게 아니라, 타인을 이해하면서 최상의 안을 찾아나갈 줄 알아야 한다. 그 시작이 일단 타인의 입장과 마음을 이해하는 연습을 하는 것이다.

나도 그다지 착하다고 할 만한 사람도 아니고, 아이도 마냥 천사같이 착하게 크기만을 바라지는 않는다. 다만 자신을 이 세상에서 하나의 점으로 인식하며 객관화할 줄 알고, 저마다 다 각자의 입장이 있는 다른 점들과 살아가는 게 이 삶이라는 걸 이해하는 존재로 크길 바란다. 사실 매미도 굼벵이도 지렁이도 조금은 더 하늘을 바라보고, 울고, 흙 냄새를 맡으며 살고 싶은 것이다. 나만 그런 게 아니라, 누구든 다 그런 것이다.

꼬마 사자와의
사투

　　아이는 '싸우기 놀이'에 심취해 있다.
친구들끼리는 그러지 않는 모양인데, 집에만 오면
어떻게 나랑 싸워 이길지에 모든 에너지를 총동원
하는 듯하다. 어제는 "기어다니는 동물로 싸우자"
라고 해서, 침대에서 한참 동물 흉내를 내며 싸우
고 놀았다. 그러면서 "내일은 공룡으로 싸우자"라
고 해서, 그러자고 했다.

　　아내는 아이가 나한테 온 힘으로 덤비
는 걸 보면서 새끼 사자 같다고 했다. 동물 다큐멘
터리를 보면, 새끼 사자들이 부모 사자한테 덤비고

물고 구르면 부모 사자가 귀찮은 듯이 앞발로 한 대씩 쥐어박아주는 것과 꼭 같다는 것이다. 돌격하여 박치기하고, 팔을 휘젓고, 베개를 던지면서 온 힘을 다해 덤비지만, 아빠한테 이길 수 있을 리가 없다. 물론 갈수록 제압하는 게 조금씩 버거워지고 있긴 하다.

아무튼 온몸의 힘을 다하여 들이받으며 노는 시간에, 아이는 가장 행복해 보인다. 얼굴이 벌게져서 헥헥거리면서도 쉴 새 없이 깔깔대는 게, 그렇게 행복한 얼굴의 사람을 어디에서 또 볼 수 있을까 싶다. 어느 날인가는 아이가 너무 흥분을 해서 제압한 다음에 눕혀두고 "잠깐만 쉬자!"라고 하지 않으면 안 될 정도였다. 아이는 강아지처럼 엎드려서 헥헥거리다가 "이제 다시 해도 돼?" 하고 몇 번이나 반복했다.

나는 아이가 그렇게 온 힘을 다해 자신을 실험하고, 무언가 에너지를 '끝'까지 써본다는 것이 필요하다고 느낀다. 무조건 억압하고 절제하게만 요구해서는 어딘지 병들어버릴 것 같다. 평소에 아이는 절제력이 뛰어나서 저게 아이가 맞나 싶을 때가 있다. 만화를 딱 두 편만 보기로 약속하면 알아서 보고 끄고, 사탕을 하루에 한 개만 먹기로 하면 딱 하나만 먹는 식이다. 그러나 또 풀어헤칠 때는 온 힘을 폭발시킬 줄도 알아야 된다는 생각이 들어, 나로서는 맞상대를 해주는 셈이다.

한편으로는, 늘 그렇듯 아이가 과연 이 날들을 얼마나 기억할까 싶은 생각이 들기도 한다. 아이의 생각, 의지, 취향, 도전, 실험 그 모든 것들이 나에겐 너무도 생생한 한 사람으로 다가오고 기억되겠지만, 아이는 거의 기억하지 못할 것이다. 내게도 그 나이대의 기억이 거의 없으니까 말이다. 그래도 그것과 상관 없이 나는 일종의 기념비가 된다는 생각으로 이 삶에 임하고 있다. 네다섯 살짜리 너와는 이제 곧 끝이고, 너도 기억 못 하겠지만, 그래도 나는 너를, 나를, 이 삶을 사랑한다는 마음으로 그 온 에너지를 받아준다.

어디를 가나 아내와 나를 졸졸 따라다니는, 옆에 찰싹 붙어 다니는 이 꼬마 사자와 작별

할 날도 멀지 않았다고, 거의 매일 생각한다. 머지 않아 무뚝뚝한 청소년이 되고, 부모를 떠나 독립적인 삶을 일구어야 할 때가 오고, 그러면 나도 달라지고, 너도 달라져서, 나는 다른 사람을 다른 방식으로 사랑하고 있을 것이다. 그래도 이 기억을 어떻게 잊을까? 이 꼬마 사자가 내 안에 영원히 남아 있을 것이다. 이 꼬마에게 들이받히던 날들이 인생에서 잘 살아낸 시절로 기억될 것이다.

관계의 시작은
들어주기로부터

유치원 선생님 말로는, 아이가 원에서 인기가 많고 원우 관계가 좋다고 한다. 그 가장 큰 이유는 아이가 다른 친구들의 말을 잘 '들어주기' 때문이라고 한다. 심지어 한 친구는 너무 수다쟁이여서, 다른 친구들은 아무도 그 친구의 말을 들어주지 않는데, 우리 아이만 그 친구의 말을 다 들어준다고 한다. 그래서 그 친구가 우리 아이를 그렇게 좋아한다고 한다.

관계 문제로 많은 사람들이 괴로워하지만, 핵심은 생각보다 단순할 수 있다. 그 핵심 중 하나가 바로 '들어주기'가 아닐까 싶다. 사람은 그냥 다른 사람이 자기 이야기를 잘 들어주기를 바란다. 누구나 자기 이야기를 잘 들어주는 사람을 좋아한다. 그게 직장 동료든, PT 선생님이든, 보험사 직원이든, 자기 이야기를 잘 들어주는 사람에게 호감이 간다.

잘 들어준다는 것은 가만히 듣기만 하는 건 아니다. 들으면서 상대가 원하는 반응을 보이고, 상대를 즐겁게 해주기도 하고, 상대에게 필요한 이야기를 해주기도 하는 게 '잘 들어주기'의 비결일 것이다. 아이는 아마도 친구들 이야기를 '잘 들어주는' 듯하다. 적절한 반응도 해주고, 원하는 걸 들어주기도 하는 모양이다. 나에겐 너무 꼬마 아기라서 잘 상상은 안 되지만 말이다.

변호사 일 또한 들어주기와 매우 밀접하게 관련되어 있다. 변호사의 일은 의뢰인의 이야기를 '들어주는 것'에서부터 시작하여, 그 이야기를 수사관이나 판사가 '듣게 만드는 것'으로 귀결된다. 잘 듣지 못하는 변호사는 사건 파악을 제대로

할 수 없고, 잘 듣게 만들지 못하는 변호사는 판사가 중요한 내용도 지나치게 할 수도 있다. 판단은 둘째치고, 일단 수사관이든 판사든 우리 이야기를 '제대로 들어주기만 해도' 반은 성공한 것이다.

단 한 명의 예외도 없이, 모든 사람에게는 자기 이야기를 들어줄 사람이 필요한 것처럼 보인다. 그게 SNS 친구든, 기도할 때 만나는 신이든, 친구나 배우자든, 심리 상담사나 신부님이든 인간은 모두 자기 이야기를 들어줄 사람이 필요하다. 하다못해 유배당한 사람은 후대의 누군가가 자기 이야기를 들어줄 것을 상상하며 백지에 글을 쓴다.

생각해보면, 인간 자체가 들어주기로부터 시작한다. 우리는 어릴 적, 나의 울음을 들어줄 부모를 자각하며 첫 관계를 시작한다. 인간은 들어주기와 떼어놓고는 결코 성립할 수도 없고, 존재할 수도 없는 생물이다. 우리 삶도, 일도, 관계도, 사랑도, 우정도 모든 것이 들어주기를 뺀다면 아무것도 아닐 수 있다. 인간으로 살아가는 일이란, 계속 내 말을 들려주고 타인의 말을 듣는 것이다.

그것이 얼마나 인간 본능의 차원에 있는 것인지, 유치원 다니는 아이들조차 자기의 이야기를 들어주는 친구가 좋다며 졸졸 따라다닐 정도다. 우리는 내 이야기를 들어주는 사람에게 간도 쓸개도 내어줄 수 있다. 이를 달리 말하면, 결국 삶에는 어떻게 내 말을 들려주고 타인의 말을 들을 것인가 하는 그 '청취의 기술'이 거의 결정적일 정도로 중요하다는 말이 된다.

관계가 이상한가? 먼저 내가 제대로 들어주는지, 상대가 내 이야기를 제대로 듣는지부터 생각해봐야 한다. 일이 이상한가? 내가 일과 둘러싼 그 누군가의 이야기, 이를테면 의뢰인이나 동료의 이야기를 잘 듣는지 생각해봐야 한다. 삶이 이상한가? 내가 나 자신의 목소리를 잘 듣는지 생각해야 한다. 잘 들으면 된다. 나아가 잘 들려주면 된다.

요즘 아이는 부쩍 말이 많아졌다. 세상 모든 게 궁금하고 온갖 상상의 나래를 펼치느라 하루 종일 재잘거리기 바쁘다. 가끔은 그 말을 다 들고 반응해주는 게 버겁지만, 그 말들을 잘 들어주어야겠다고 생각한다. 아이의 성장도, 관계의 문제도, 많은 경우 그저 서로 잘 들어주기만 하는 것으로 충분하다는 걸 아이도 나도 배워갔으면 한다.

넘어져도
괜찮아

"뭐든 잘하게 되는 게 제일 재밌는 거야." 롤러스케이트 타는 법을 아이에게 가르치다가, 아이랑 잠시 벤치에 앉아 쉬면서 말했다. 아이는 거의 처음이라 계속 넘어지면서도 오뚜기처럼 계속 일어나 연습을 하며 재밌어했다.

"뭐든지 다?"

"응, 뭐든지 잘하게 되는 게 제일 재밌어. 한글도 잘 읽게 되면 세상에 있는 모든 책을 다 읽을 수 있어."

"진짜?"

"그래, 열심히 하면 뭐든 잘하게 돼."

롤러스케이트를 타게 된 건 순전히 우연이었다. 여의도의 카페에 갔다가 공원에 들르기로 했는데, 공원에 가니 엄청 넓은 광장에서 롤러스케이트를 대여하고 있었다. 그래서 아이에게 한번 타보겠냐고 했더니 아이가 그러겠다고 해서 타게 된 것이었다. 처음에 아이는 제대로 서 있지도 못했지만 조금씩 걷고 넘어지면서 금방 나아지기 시작했다.

"잘했어! 넘어질 때마다 잘하게 되는 거야!" 나는 아이가 넘어질 때마다 응원했다. 조금 더 과감하게 발을 밀고 나가보라고 했다. 겁먹고 가만히 서 있거나 조금씩 걷는 정도로는 잘 탈 수 없다. 넘어질 걸 각오하고 약간 과감하게 다리를 뻗어보고 속도도 내봐야 한다. 그러면 몇 번 넘어지다가 이내 스스로 감을 잡게 된다. 나는 아이에게 넘어져도 되니까 씩씩하게 발을 뻗고 나가라고 했다. 넘어질 때마다 잘했다고, 넘어져야만 잘 타게 된다고 몇 번이나 말해줬다.

아이는 비행을 배우는 아기 새처럼 1시간 내내 넘어지고 일어나길 반복하며 집요하게 애썼다. 그러더니 10분이 지날 때마다 정말 실력이 좋아졌다.

"잘 타게 되니까 재밌지?"

"응!"

"그래, 뭐든 잘하게 되면 진짜 재밌는 거야. 운동도 공부도 다 똑같아."

그건 진짜 나의 신념이었다. 뭐든 잘하게 되는 건 다소 귀찮고 어려운 일이지만, 잘하게 되면 잘하기 이전에는 상상도 할 수 없었던 즐거움이 기다리고 있다. 잘하게 되는 것들이 많아질수록 인생은 즐거워진다.

요즘 사람들이 볼 때는 어떻게 생각할지 몰라도, 나는 아이를 약간은 거칠게, 씩씩하게 키우고 싶어 하는 편이다. 자꾸 넘어지고 깨지더라도 스스로 해보고 독립심을 키우기를 바란다. 내가 그렇게 컸기 때문이다. 내 인생의 소중한 양식은 모두 어떻게든 내가 약간 고집스럽게, 실패하면서,

의존심에서 벗어나고 다소간의 독립심과 모험심을 발휘하려는 과정에서 얻은 것이었다. 아이를 온실 안의 화초처럼 키우기보다는, 아이가 내 품에 있는 동안 저 거친 세상과 맞설 수 있는 심지, 능력, 체력, 독립된 마음과 창조성을 기르길 바란다.

인생을 좌우하는 건 거의 인내심이나 끈기나 꾸준함이라 부를 만한 것이다. 포기하지 않고 이어가기만 해도, 꾸준히 자기만의 힘으로 나아가기만 해도, 대개 우리는 삶에서 가치 있는 무언가를 얻는다. 무엇이든 10년, 20년 하면 그것의 전문가가 되고, 천재적인 재능이 없어도 잘하게 된다. 그리고 무엇이든 자기 의지와 힘과 능력으로 잘할 줄 알게 되면, 단순히 그 무언가를 소비하는 쾌락과는 비교할 수 없는 기쁨과 즐거움을 경험하게 된다.

어린 시절 배워야 할 것은 바로 그것이다. 저기 언덕을 넘으면 다른 세계가 있다는 것, 그래서 언덕을 넘고 또 넘을수록 삶은 즐거워진다는 것을 말이다. 그날, 계속하여 넘어지며 배우는 아이를 보면서, 나도 아이랑 함께 배워가는 삶에 대해 생각했다. 아이가 앞으로 익혀야 할 많은 운동, 그림, 음악, 지식 등을 함께 배워나가도 좋을 것이다. 언젠가 아이와 함께 밴드를 하거나 테니스를 치는 날이 와도 어색하지 않을 날을, 오늘부터 만들어갈 수도 있을 것이다.

등원 길
파노라마

　　아침마다 집을 나서면서 아이를 어린이
집에 데려다주던 때가 있었다. 아이가 아파서 한참
동안 어린이집을 가지 못하면서 아내가 여러모로
힘들어했기 때문에, 다시 어린이집을 갈 수 있게
되었을 즈음부터는 내가 데려다주겠다고 했다. 원
래는 시간이 안 맞는다고 생각했는데 조금 일찍 집
을 나서면 되는 일이었다. 그래서 아이는 아침마다
나랑 집을 나섰다.

　　첫날에 아이를 선생님에게 안겨주니, 입
모양이 네모가 되고 두 눈은 일자가 되도록 울어대

었다. 나가는 걸 좋아하는 아이가 신이 나서 내 손을 잡아끌면서 나온 것이었는데, 그렇게 아이를 배신하고 어린이집에 맡겨버리니 마음이 영 편치 않았다. 아이가 "아빠, 아빠" 하며 우는 게 오전 내내 생각났다. 다음 날에도 아이는 울었고, 이제는 아이가 아침에 나가자고 하면 죄책감이 들었다.

그러다 셋째 날에는 아이가 더 이상 울지 않았다. 그저 탐탁지 않은 표정을 지은 채 선생님 품에 안겨 나를 바라보았다. 그리고 드디어 넷째 날이 되어 아이는 어린이집에 도착해서 먼저 앞장서서 현관 비탈길을 올랐다. 그러고는 자기가 알아서 신발장을 가리키고, 선생님한테 안겨서는 웃으며 나에게 손을 흔들었다. 그런데 그날은 또 이상하게 앞장서서 가는 아이의 뒷모습이 그리도 생각났다.

아이를 키우며 끊임없이 알게 되는 것 중 하나는, 어떤 시절도 충분히 누릴 만큼 그리 길지는 않다는 점이다. 그저 몇 번인가 인상적인 순간들을 남기고서는 금방 지나가버린 시절이 된다.

아이를 꽁꽁 싸매고 아기 띠에 앉혀서 동네 팥빙수를 먹으러 나가던 일은 영원할 것만 같았지만, 몇 번 하질 못했다. 아이를 유모차에 태우고 운동이 끝난 아내를 데리러 가는 일도 지겨울 만큼 할 줄 알았지만, 몇 번 하지 못하고 끝났다. 아이를 바운서에 재우면서 아내랑 와인 마시면서 영화 보는 일도, 아이가 상을 뒤엎지 못하게 울타리를 치고 그 안에서 아내랑 둘이 맥주 마시던 일도 몇 번 하지 못했다.

이제 어린이집 선생님에게 아이를 안겨 주면, "아빠, 아빠" 우는 아이도 몇 번 보지 못한 채 과거가 되었다. 조만간 밤마다 '싸우기 놀이'를 하자며 졸라대는 아이의 눈빛도, 하루 종일 재잘대며 우리를 귀찮게 하는 아이의 낭랑한 목소리도, 자기 방에서는 죽어도 잘 수 없다며 엄마 아빠 사이의 품으로 비집고 들어오는 이 부대낌도 언제 그런 일이 있었냐는 듯 옛일이 될 것이다.

아이와 함께 삶을 살아내다 보면, 매일 성장하고, 매일 다채로워지고, 금방 달라지는 그 시간의 결들이 무섭게 느껴질 때가 있다. 어른의 시간에 비해 아이의 시간은 3배속, 10배속쯤 된다. 그리고 아이와 함께 사는 어른의 시간도 그에 맞춰진다. 좋게 누린 시간은 아마도 단 몇 번씩, 그렇게 주어질 것이다. 그렇게 누리고 나면 과거가 된다. 그리고 매번 새로운 시간들을 만나야 한다. 그렇게 맞이하는 시간들을 늘 사랑할 수 있어야 한다.

특별한
나들이 날

"아빠, 오늘 북토크 잘했어." 아이가 잠들려다 말고 갑자기 말했다. 나는, 갑자기 무슨 말이야, 했는데, 오늘 아빠에게 북토크 잘했다고 말해줘야 하는 걸 깜빡했다는 것이다. 사실 북토크는 아니었고 초등학생들을 대상으로 한 강연이었는데, 주말이면 그렇듯 아이랑 아내도 따라왔던 터였다. 아이는 이제 제법 앉아서 아빠가 하는 이야기도 들을 수 있게 되었다.

그날은 '어린이 로스쿨'이라는 주제의 강의였고, 아이들에게 체포와 압수, 수색, 위법수

집중거 같은 것에 대해 알려주는 시간이었으니, 아이가 그런 걸 조금이라도 알아들을 리는 없었다. 그렇지만 아이는 그 전날부터 아내가 "키즈 카페 갈래, 아빠 북토크 따라 갈래?" 묻는 말에, 기어코 아빠 북토크 따라간다고 하고 따라 나섰던 것이었다. 아장아장 걷기 시작할 때부터 부산이며 제주며 김해며 경기도며 아이 데리고 부지런히 북토크를 다녔는데, 그 기억과 경험이 좋았는지도 모르겠다.

아이 입장에서는 아빠 따라 나섰다가 횡재하는 날이기도 했다. 휴게소에 들러 처음으로 포켓몬 게임기를 발견하고 같이 했는데, 너무나 재밌어했기 때문이다. 그 때문인지 아이는 오늘 종일 기분이 좋았다. 나는 차를 타고 가면서 "우리는 나름 사이가 좋나 봐. 남편이 어디 간다고 하면 이렇게 졸졸 따라다니는 아내도 드물 텐데" 하고 말했다. 아내는 "나는 어릴 때부터 아빠 따라다니는 거 좋아했어" 하고 대답했다. 주말에 어디 북토크나 강연 가는 일의 팔 할은 사실 우리 가족이 새로운 고장에 나들이 가는 일이기도 하다.

그날 도서관 관장님은 예전부터 내가 쓴 글을 무척 잘 읽고 있었다고 말해주었다. 나도 아내도 아이도 글 속에서 자주 만나 자기에겐 너무나 익숙하다면서 반가워해주셨고, 나도 덕분에 귀한 경험을 했다. 전국에 '기적의 도서관'이라는 아이들을 위한 도서관이 여러 군데 있다고 했는데 그중 하나였다. 아이들을 위해 이런 공간이 있다는 게 너무도 다행스럽고 좋은 일이라 느껴졌다. 아이들이 점점 없어지는 사회라고 하는데, 이런 공간들이 많아지면 조금이라도 아이들이 뿌리 내리고 살 수 있는 사회가 되지 않을까 싶기도 했다.

그날 강연이 내게 특별했던 이유는, 초등학생들을 대상으로 강의하는 일은 거의 없었기 때문이다. 그래서 '대본'을 만들어 아이들이 실제로 행인과 범인, 경찰관과 변호인의 역할을 해보게 했다. 약간 조촐한 연극을 만든 것이었는데, 그러면서 중간중간 미란다원칙 고지와 현행범인 체포, 영장 없는 수색, 피의자 신문 등에 대해 알려주었다. 아이들이 질문을 너무 많이 해서 질문을 수십

개는 받았던 것 같다. 아이들과의 이런 즐거운 소통은 내게도 참으로 드문 경험이다.

　　　세상이 어지럽고 수상하여도, 한편에서는 삶의 희망이나 호의랄 것을 쌓아나가야 한다는 생각을 한다. 세상에 대해 날 선 시선과 비판 의식을 결코 놓아서는 안 되겠지만, 동시에 삶에는 부정할 것만큼 긍정할 것도 있어야 한다. 사람들의 목소리에 귀를 기울이고, 아이들에게 손을 내밀고, 가족들과 친구들과 함께하고, 또 내가 할 수 있는 이야기들을 하며 좋은 연대 혹은 호의의 영역이랄 것도 만들어갈 필요가 있다. 좋은 마음과 생각을 나누고 이어 붙일 수 있는 시간들을 또 계속 쌓아가고 확장시켜나가야 한다. 판도라 상자 안에는 아직 희망이 남아 있다.

꼴등으로
사랑받는 기쁨

아이에게 아빠를 얼마나 사랑하냐고 물으면, 항상 "꼴등으로 사랑해"라고 말한다. 일등은 당연히 엄마인데, 그럼 아빠 말고 누구를 사랑하냐고 물으면 엄마 아빠 말고는 아무도 안 사랑한다고 말한다. 그러면 사실 나는 꼴등이 아니라 이등 아니냐고 항변하고 싶지만, 그냥 내버려둔다. 아이가 나를 놀리고 싶어 하는 걸 알기 때문이다.

잠든 아이를 바라보다가, 아내에게 문득 "그렇군. 나는 평생 결코 이룰 수 없는 일이 있는 거잖아" 하고 말했다. 그러니까 평생이 걸려도, 아이가 일등으로 나를 사랑할 수는 없는 것이다. 꽤나 묘하게 느껴지는 부분이었다. 나름대로 아이를 사랑하고자 매일같이 노력하겠지만, 그 노력의 목표가 '일등으로 사랑받기'라면, 결코 이룰 수 없는 목표다. 매일 노력하지만, 결코 이룰 수 없다.

그런데 어떤 일은 바로 그렇게 하는 것이라는 걸 알 것 같았다. 어떤 일은 다른 목표를 이루기 위해서 하는 게 아니라, 그냥 그 일 자체로서 한다. 아이에게 시간을 1시간이라도 더 쓰고, 동화책을 한 권이라도 더 읽어주고, 새로운 곳을 하나라도 더 보여주는 건, 무언가 이룰 수 없는 목표와 관련되어 있다. 이를테면, 내가 준 만큼의 사랑을 되돌려 받겠다든지, 노력만큼의 보상을 얻겠다든지 하는 것과 빗겨나 있다.

그건 그냥 이룰 수 없는 걸 알면서도 하는 일이다. 이 나날들을 사랑하고 털어버리려고 하는 것이다. 그저 눈앞에 아이가 있고, 우리가 여기 이 시절 함께 셋이서 살아가고 있으니, 단지 살아내는 시간이다. 하지만 그래도 역시 괜찮다. 일등이 못 되어도 되고, 나중에 받을 보상이 없어도 된다. 그저 나는 이 시절을 책임지고, 사랑하고, 떠나보내고, 기억하리라 생각한다.

생의 많은 일들이 어떤 목표를 이루기 위한 노력들로 점철되어 있다. 집을 사기 위해 열심히 돈을 벌고, 직장에 들어가기 위해 열심히 공부를 하고, 사랑하는 사람과 결혼하기 위해 열심히 구애를 한다. 그러나 때로 어떤 일은 그냥 한다. 동시에 그렇게 하는 일들이야말로 삶의 핵심 언저리에 있다는 생각도 든다.

톨스토이의 소설 《이반 일리치의 죽음》에서, 이반 일리치는 평생 모범생으로 살다가 승승장구하는 판사로 임용되었지만, 정작 죽음 앞에서 떠올리는 건 주위 사람들과 하던 '카드놀이'였다. 나머지는 다 가짜처럼만 느껴졌고, 유일하게 자신이 살아 있었다고 느끼게 한 것이 카드 게임 하는 순간의 순수한 즐거움이었다. 승진하고, 집 평수를 늘리고, 사회적으로 인맥을 넓히는 것 같은 것들은 이상하게 모두 가짜 같았다고 말한다.

나는 죽기 전에 무엇을 떠올릴지 생각해 본다. 나는 어떤 시간을 진짜로 사랑했는지, 어떤 시간을 가장 좋아했는지, 어떤 시간에 진심이었는 지 떠올려본다. 아마 나는 그 답을 알고 있다. 그건 말하자면, 꼭 일등 하지 않아도 괜찮다고 생각한 시간, 이걸로 충분하다고 느낀 마음의 시간일 테 다. 꼴등 해도 그저 괜찮았던 시간이다.

삶의
진짜 사건들

　　삶의 진짜 사건들은, 내가 아니면 그 가
치를 알 수 없는 사건들이 아닐까 싶다. 세상에서
볼 때 너무 당연하게 가치를 알 수 있는 사건들은
오히려 '진짜 사건'이 아닌 경우가 있다. 오히려 진
짜 사건들은 세상의 입장에서는 너무 사소하거나
아무런 가치가 없어 보이기도 한다. 세상의 기준에
서 딱히 값어치가 없거나 역사에 기록할 만하지 못
하고 상패를 줄 만하지 않다.

　　인류 역사 이래 아이의 탄생이란 건 너
무나 흔해 빠진 일이어서, 세상에서 볼 때는 그저

혼한 일 중 하나일 뿐이다. 그러나 세상에서 하등 중요하지 않는 그 일이야말로, 한 인생에서는 가장 중요한 사건일 수 있다. 타인들의 세상에서는 정해 놓은 중요한 일들이 있지만, 내게 가장 중요한 사건은 깔깔 웃으며 나를 바라보는 아이의 눈빛, 사랑하는 사람과 걷다 만난 무지개, 좋아하는 음악이 흐르는 저녁 같은 것이다.

하루는 아이랑 둘이서 마지막으로 동네 물놀이터에 갔다. 그날을 끝으로 그해에는 더 이상 운영을 하지 않는다고 해서였다. 여름의 끝 무렵이고 날도 흐려 아이들이 별로 없었지만, 아이랑은 또 새롭게 최선을 다해 놀았다. 우리는 포켓몬 역할 놀이를 했는데, 각자 포켓몬 중 하나를 골랐다. 나는 '또도가스' 아빠, 아이는 '또가스' 아들 역을 맡았다(참고로, 또가스가 진화하면 또도가스가 된다). 사실 물을 뒤집어쓰기가 약간 꺼려지는 날씨였지만, 오늘이 마지막이니까, 하고 뛰어들었다.

돌아오는 길, 아이는 양동이에 물놀이터 의 물을 담아 들고 왔다. 물은 그냥 버리고 오자 했는데, 아이는 기어코 물을 담아오겠다고 했다. 이유를 물으니, "물이 그리울 것 같아서"라고 했다. 나에게 물은 다 같은 물이지만 아이에게 그곳의 물은 올해 마지막이어서 계속 그리울, 그런 물인 모양이었다. 나는 작은 시인과 살고 있구나, 생각했다. 그렇게 남들은 모를 사건이, 내게는 오늘도 있었다.

밤에는 아내랑 3년쯤 전부터 찍어둔 아이 동영상을 침대에 누워 같이 봤다. 좁은 집에서 북적북적 살던 지난 날의 추억들이 새록새록 떠올랐다. 남들이 볼 때는 역시 다소 작고 초라한 집에서 지낸 세월일지 몰라도, 우리들에게는 다른 인생 백 개를 가져와도 바꾸고 싶지 않은 우리의 시간, 추억, 사건들이 쌓인 나날들이었다. 혹은 누가 어떤 근사한 명예나 영광, 부를 가져다준다 하더라도 바꿀 리 없는 내 삶과 사랑의 시간이었다. 진짜 삶이란 그렇게 살아내는 것이구나, 생각한다.

누구도 모를 내 삶의 사건들을 쌓아가기, 그것이야말로 자기만의 삶을 진짜 사랑하는 방법일지도 모른다. 내가 아닌 다른 누군가가 나의 몸에 들어와본다면 아무런 감흥도 없을 어느 동영상 하나를 보며 눈물을 흘릴 수 있는 마음, 그것이 내 삶이 고유하다는 증거가 된다. 다른 사람이 집어 든다면 아무런 가치도 없을 어느 인형 하나를 그 무엇보다 소중하게 집어 들 수 있는 마음, 거기에 다른 누구도 아닌 나의 삶이 있다. 우리는 그런 식으로 진짜 삶을 산다.

다른 존재와
손을 맞잡는 이유

언젠가 아이는 한 여행에서, 주위를 두리번거리며 우리를 찾다가 엉엉 울어버린 적이 있었다. 리조트의 광장 같은 곳이었는데, 아내와 나는 놀고 있는 아이를 멀리서 지켜보고 있었다. 그런데 아이는 갑자기 엄마랑 아빠가 없어졌다고 느꼈는지 정신없이 주위를 두리번거리면서 초조하게 뛰어다녔다. 나는 아이를 계속 지켜보고 있었기에 위험하지 않다는 건 알고 있었지만, 아이의 심정이 훅 와닿아서 아이를 향해 달려갔다. 부모를 잃어버린 줄 알았던 그 마음을 한순간 이해해버렸던 것이다.

아이는 나를 발견하고는, 잃어버린 줄 알았잖아, 하면서 엉엉 울었다. 나는 아이를 안고 다 보고 있었다며 달랬지만 아이는 너무 놀란 상태였다. 나는 아직 아이의 손을 잡고 있었어야 했던 것이다. 아이에게 부모 없는 세계란 아직 무서운 것이었다. 나는 아직 이 아이를 지켜야 했다. 아이가 아직 이 세상을 뛰어 놀기 위해서는 부모의 시선이 필요했다.

　　나는 주차장이나 찻길에서는 아이의 손을 꼭 잡으면서 매번 의식한다. 내가 한순간의 실수나 방심으로 이 손을 놓았다가, 아이가 차에 치이거나 사고를 당할지도 모른다는 생각을 한다. 아직 내 손안에 놓여 있는 한 생명, 나의 사랑, 내가 지켜야 할 존재를 의식한다. 그러면서 언제쯤 이 손을 놓게 될지도 종종 생각한다. 이를테면 출근길에 혼자 학교에 가는 어느 아이를 마주칠 때면, 저 아이는 괜찮을까, 차들이 다니는 골목길을 혼자 걸어도 괜찮을까, 생각한다. 나의 아이도 저만큼 크면 이제 조금씩 손을 놓아주어도 되겠구나, 때론 내가 안 보여도 되겠구나, 생각한다.

삶을 살아가는 건 내 손안에 무언가 잡을 것을 들이는 일이다. 그리고 잊어버릴까 봐 꼭 붙잡고서 놓지 않는 일이다. 사랑하는 사람들은 입맞춤을 하기 전에 손을 잡으며 사랑을 시작한다. 당신을 잃어버리지 않기 위하여, 함께 걸으며 손을 잡기 시작한다. 그들은 평생 서로를 놓지 않기로, 잃지 않기로 약속한다. 그 약속이 끝날 때마다 삶은 한 번씩 끊어진다. 그러나 인간은 기어코 또 다른 누군가의 손을 잡고 만다.

요즘에는 퇴근길의 공원에서 강아지 끈을 잡고 산책하는 노인들을 보곤 한다. 아마도 사랑하는 연인의 손을 잡고, 갓 태어난 존재의 탯줄을 잡고, 어린아이의 손을 잡고, 그렇게 살아왔을 한 사람은 이제 나이가 들어 강아지의 목줄을 잡고 있구나, 생각한다. 언젠가 강아지도 그의 곁을 떠나겠지만, 그는 또 무언가를 찾아 잡을 것이다. 살아 있다는 건 그 어느 존재를 잡는 일이다. 당신이 떠날 걸 알지만, 모든 오므린 손이 언젠가 펴질 수

밖에 없는 운명인 것처럼 이 손을 놓을 때가 올 걸 알지만, 그래도 우리는 또 그 누군가의 손을 잡는다. 그리고 말한다. "다신 잃어버리지 않을게. 내가 너를 지킬게."

이 지키고 싶은 마음이야말로 삶의 본질이자 인간의 본성이고, 우리가 결코 놓을 수 없는 우리 영혼의 가운데 있는 것이 아닐까? 우리는 지킬 존재가 필요하다. 누군가의 신의와 약속을, 누군가의 믿음과 눈빛을, 누군가의 사랑과 기대를 지키고 싶다. 당신이 살아 있는 한, 지키고 싶은 마음이라는 게 있다. 그것을 놓지 않는 한, 우리는 스스로를 지켜낸다. 나는 당신의 손을 잡음으로써 내가 된다. 그렇게 당신이 나를 지켜준다. 나의 손을 잡고 나를 올려다보는 한 아이의 눈빛이, 내가 무엇도 포기할 수 없는 존재로 여기 서 있게 만든다.

마음을 가득 먹고
자라기를

아이에게 밥을 해주려고 밥솥을 열어봤더니 내부 코팅이 다 벗겨져 있는 게 보였다. 아무래도 이런 상태로 밥을 할 수는 없겠다는 생각이 들어서 처음으로 냄비에 밥을 끓여보았다. 쌀을 넣고, 센 불에 조금 끓이다가, 약불로 바꾸고, 뜸을 들이고, 그렇게 뚜껑을 덮고 기다리는데 과연 밥이 잘될지 걱정이 되었다. 냄비로 밥을 끓이는 건 거의 처음이나 마찬가지였으니 말이다. 그동안 고기를 굽고, 배고파하는 아이에게 고기를 먼저 건네주고, 시간이 조금 지나 냄비를 열어보았는데, 참으로 부드럽고 맛있는 밥이 완성되어 있었다.

아이랑 나란히 앉아 밥을 먹고는 아이 목욕을 시키러 욕실에 들어갔다. 아이는 늘 그렇듯 부지런히 거품을 갖고 놀았다. 소변도 조금씩 가리기 시작하고, 여러모로 의사소통도 거의 될 무렵이었다. 갖다달라, 불 꺼달라, 갖다 놓아달라 같은 말을 참 잘 알아듣기도 하고, 기다려라, 밥 먹자 코코 넨네하자(자자), 이런 말들을 거의 주고받을 수 있게 되었다. 때론 욕실에서 키보드를 두드리는 나에게 아이는 거품을 무지하게 열심히 던지기도 했는데, 그래서 온 화장실 바닥이 말도 아니게 엉망이 되기도 했다. 그래도 내가 아이의 참 좋은 친구인 것 같아서, 아이와 나는 친구인 것 같아서, 어딘지 다행이라는 마음이 들었다.

하루는 떠날 날이 얼마 남지 않은 어린 이집의 담임 선생님에게 내가 쓴 책을 갖다주었다. 아마 그 전까지는 동네 백수인 줄 알지 않았을까 싶다. 이제 떠날 날도 되었고, 그렇다고 무언가 거창한 고마움을 표시하기도 그렇고, 그래도 혹시라

도 책을 좋아하는 분이라면 언젠가 펼쳐보지 않을
까 싶어서, 두어 권 드리고 왔다.

아이랑 참으로 많은 시간을 보내준 게
늘 고마웠다. 아이의 가장 중요한 시간들을 곁에
서 잘 챙겨주고 아이가 밝은 심성을 유지하도록 많
이 도와주었다. 아이는 어린이집을 참 좋아하게 되
기도 했고, 월급을 받는 직업일지라도 아이 돌보는
일이란 마음 없이는, 정성 없이는 불가능한 일일
거라는 생각이 든다.

사는 동안 아이 일만으로도 고마운 사람
들이 참 많았고, 또 많을 것 같다. 아이의 작은 시
간들을 챙겨줄 선생님들, 이웃들, 가족과 친척들
이 그렇게 아이의 시간을 채워주면서 아이에게 세
상이 좋은 곳이라는 걸 많이 알려주었으면 좋겠다.
인생이라는 게 어느 시점이 되면 호의보다는 악의
를 더 많이 느끼게 되기도 하고, 선의 같은 게 있기
나 한가, 모든 건 오로지 자기 이익과 계산으로만
채워져 있는 게 아닌가, 그런 의구심들로 가득 차
게 될 날도 분명히 올 텐데, 그럴 때 기억할 수 있

는 그 누군가들의 선의라는 걸 아이가 마음 가득히 품고 자랐으면 좋겠다.

내가 말이야, 너 때문에 냄비로 밥도 끓이고 말이야, 고기도 구워서 나노 단위로 가위질하고 말이야, 밥 한 숟가락 더 먹이려고 말이야, 그렇게 마음을 많이 썼단 말이지, 그러니 그 마음 가득 먹고 좋은 사람으로 자라주면 좋겠다. 다른 것보다도 좋은 마음을 가진 사람으로 자랐으면 좋겠다.

삶의 지표로
기억되기 위해

      지금 생각해보면 어릴 적 어머니는 매우 세련된 사람이었다. 일가친척과 주변 어른들을 통틀어 유일하게 수동 카메라로 조리개 값이나 초점 등을 조절할 줄 알았다. 그래서 우리 사진을 정말 많이 찍어주었고 어디를 가나 어머니가 사진 담당을 했다. 디지털카메라가 나온 뒤에도 수동 카메라가 사진이 더 잘 나온다면서 한동안 그 옛 카메라를 들고 다녔다. 나는 특별한 엄마를 가진 아이라고 느꼈다.

      어머니는 또 내가 아는 한 가장 노래를

잘하는 사람이었다. 아버지를 비롯해 주위 사람들이 모두 그렇게 말했고, 나도 어머니가 가수보다도 노래를 잘한다고 믿었다. 어머니는 자주 우리에게 팝송이나 가요를 불러주었다. 나와 여동생은 어머니한테 여러 곡의 팝송을 배웠다. 10대 무렵 내가 좋아한 노래의 절반 이상은 모두 어머니가 알려준 노래였다. 어머니는 노래를 누구보다 사랑했고, 역시 나는 특별한 엄마를 가진 아이라고 생각했다.

어머니는 그림도 정말 잘 그려서 주위에서 어머니보다 그림을 잘 그리는 사람이 없었다. 도시의 제일 끝자락에 있는 구석진 우리 동네에서 나는 어머니가 동네 최고의 화가라고 믿었다. 어머니는 그 전까지는 그냥 우리에게 그림을 가르쳐준 정도였지만, 30대 후반쯤 동네 문화센터에서 그림을 배운 뒤 전국 규모의 대회에서 큰 상을 몇 번 받아 진짜 화가가 되었다. 아마 제대로 지원을 받았거나 경력을 잘 이어갈 수 있는 여건이 되었다면 더 유명한 화가가 되었을지도 모른다.

또 내가 알기로 어머니는 세상에서 운전

을 제일 잘하는 사람이었다. 주위에서 어머니의 운전 실력을 따라올 사람은 아무도 없었다. 어머니는 아버지보다도 먼저 운전을 했고, 당연히 아버지보다도 운전을 잘했고, 사고 한 번 낸 적이 없었다. 언젠가 고속도로에서 보복 운전을 하겠다며 따라오는 트럭을 고속도로 출구로 유인하여 영화처럼 따돌린 적도 있었다. 우리는 환호성을 질렀다. 시중에서 가장 저렴했던 어머니의 중고차는 우리를 싣고 전국을 누볐다.

아이를 키우다 보면 어머니 생각이 자주 난다. 어머니가 서른 중반인 내 나이였던 때 나는 중학생쯤 되었다. 나는 그때의 나보다 열 살 어린 아들을 키우고 있다. 아이는 내가 좋아하는 노래들을 따라 부른다. 나는 아이에게 공룡을 어떻게 그리는지 가르치고, 한글을 알려준다. 세상의 원리에 대해 이야기해주고, 아이에게 근사한 것들을 보여주기 위해 열심히 쏘다닌다. 그런데 그 모든 것들에 있어서 내가 어머니보다 잘 해내는 것 같지는 않다. 나보다 어렸던 어머니가 더 잘했던 것만 같다.

이런 어설픈 내가 부모라니 잘 믿기지 않을 때도 있다. 그래도 나는 아이에게 삶의 지표가 되어줄 모든 것들을 하나하나 알려주려 애쓴다. 상상하는 법, 그림 그리는 법, 노래를 구별하는 법, 친구와 관계 맺는 법, 책을 좋아하는 법, 약속을 지키는 법, 그런 것들을 하나하나 매일 알려준다. 그리고 나도 그 모든 것을 이렇게 배웠구나, 하고 느끼곤 한다. 나는 아이에게 어떤 존재로 비치게 될지 고민해보곤 한다.

나는 이제 겨우 아이랑 몇 해를 보냈을 뿐이고, 그 시간이 결코 만만치 않았다고 느끼는데, 정작 아이에게 기억이 될 시간은 이제 막 시작되려 한다. 나는 아이에게 어떤 아빠로 기억될지 궁금하다. 어떤 기억이 되든 그 기억이 아이에게 오랫동안 힘이 되는 기억이었으면 싶다. 따뜻함이든, 당당함이든, 강인함이든, 특별함이든, 그 무언가가 아이의 삶에 작은 표지판 정도가 되어줄 수 있는 그런 기억으로 아이의 마음 한구석에 남았으면 한다.

모두 저마다의 방식으로 자란다

주말에는 오랜만에 아이랑 그림책을 만들었다. 몇 년 동안 아이와 함께 부지런히 그림책을 만들고 있다. 고양이 '커비'가 주인공인 이야기는 1화부터 시작되어 지금은 거의 20화까지 이어졌고, 공책 한 권을 다 쓰게 되었다. 지금은 두 번째 권을 만들고 있다. 아내는 나와 아이가 만든 이 책은 가보로 남겨야 한다며 제본을 하자고 말했다. 나름 우리의 보물이 된 셈이다.

책을 처음 만들기 시작한 건 첫 직장이었던 법무부에서 퇴사를 하고 나서 시간을 조금 더 잘 쓰고 싶어서였다. 그 시간을 오직 나를 위해 쓰기보다는 가족을 위해서도 쓰고 싶은 마음이 있었다 보니 '아이의 그림책 만들기'라는 걸 시작하게 되었다.

처음 책을 만들 때만 해도 아이의 그림은 그냥 낙서 수준이어서 그림은 다 나 혼자서 그렸다. 다만 그림을 그릴 때 옆에 아이를 앉혀두고 이야기를 해주면서 그려서 아이도 그 시간을 신기해하고 좋아했다. 서너 번째부터는 자기도 그림을 그리기 시작하긴 했으나 역시 낙서 수준이어서 내가 일일이 다시 그려주어야 했다.

그러나 '커비 이야기8'에서는 '8'부터 아이가 쓰겠다고 하여 처음으로 숫자를 쓰기도 했다. 처음 커비도 직접 그리기도 했고, 커비 친구 펭귄이랑 악당 티라노사우루스, 이를 물리치는 공룡 로봇도 그렸는데, 솜씨가 제법이었다. 아이가 어찌나 빨리 커버렸는지, 커비 이야기를 그리다 보니 격세지감을 느꼈다. 지금은 공룡 이야기도 끝이 나고 커비는 늘 포켓몬 세계에 가서 포켓몬들을 만난

다. 또 그림은 아이가 거의 다 그리고 나는 글자만 써주는 정도가 되었다.

생각해보면 그사이 나도 부지런히 성장했다. 변호사로 일하면서 수많은 사건들을 다루기도 했다. 아이가 스스로 그림을 그리고 글을 쓸 수 있게 되어가듯, 나도 스스로의 능력으로 소송을 수행하고 수사받는 사람을 도울 수 있게 되어간다. 아내는 그동안 열심히 자동차로 출퇴근하여 운전에 많이 능숙해졌다. 셋 다 나름대로 매년 성장해가고 있는 것이다. 스스로의 힘으로 무언가를 할 수 있게 된 것이다.

아이가 크는 게 아쉽기도 하지만, 셋 다 성장하고 있다고 생각하면 그래도 나름대로 삶을 잘 꾸려나가고 있는 것 같다. 앞으로도 우리 셋이 무언가를 스스로의 힘으로 조금 더 할 줄 알게 된다면 좋을 듯하다. 더불어 나는 내 주변 사람들의 성장도 진심으로 지지하고 있다. 누군가는 작가가 되고, 누군가는 사업을 안착시키고, 누군가는 새로운 일에 적응하며, 누군가는 할 줄 아는 요리가 다섯 개 더 늘길 바란다.

　　　아이와 함께 살아가는 일은 그렇게 모두
의 성장에 조금은 더 눈이 밝아지는 일 같다. 자라
는 건 아이들만이 아니다. 세상 모든 삶은 저마다
의 방식으로 자란다.

셀프 담금질의
필요성

　　요즘 들어 몸과 건강에 대한 책임 의식을 가져야겠다는 생각이 든다. 앞으로 몇십 년은 더 일하면서 이 가정도 책임져야 하니 가족을 위해서라도 오랫동안 굳건하게 버텨야 하는데, 그러려면 이 몸을 제대로 사용해야 한다. 그렇지 않으면 결국 대충 쓰다가 버리겠다는 식의 마음을 가지는 셈인데, 그건 나 자신뿐만 아니라 내 주변의 모두에게 무책임한 태도 같다.

　　살아가면서 계속 나라는 존재에 책임질 것들을 더해간다는 생각이 든다. 20대에만 하더라도 나는 거의 아무것도 책임질 생각이 없었다. 고민의 초점은 대체로 내가 얼마나 만족하는 삶을 살 것인가에 맞춰져 있었다. 나의 꿈, 재능, 기질, 희망 같은 것들이 어우러진 자기 만족적인 삶을 사는 것이 주된 목표였다.

그러나 결혼도 하고 아이도 생기면서는 나보다 조금 더 큰 것에 대한 책임감을 배웠던 것 같다. 내가 건재하고 강하고 단단해야 하는 이유는 나의 만족보다는 더 큰 무언가를 위해서가 되었다. 하루하루를 제멋대로 놓아버려서는 안 되고, 방탕하거나 나태해서는 안 되는 이유는 내 삶에 들어온 나 이상의 요소들 때문이다. 나는 스스로가 조금 더 커졌다고 느낀다.

개인적으로 나는 운동을 조금 더 잘해야 한다고 느끼는데, 아이가 크면서 함께 운동을 하고 알려주고 싶기 때문이기도 하다. 캐치볼이나 축구나 농구, 테니스 같은 걸 가르쳐주면서 함께 하고 싶다. 영화 〈어바웃 타임〉에는 나이 든 아버지와 성인 아들이 탁구 치는 장면이 나오는데 나도 그런 삶을 살고 싶다는 생각이 든다. 그래서 '샌님'에서 벗어나 운동도 좀 할 줄 아는 어른이 되고 싶다.

그리고 재정적으로나 정서적으로도 오랫동안 단단한 가정을 지키고 싶은데, 내가 죽을 때까지도 아이가 편안하게 찾아올 수 있는 그런 존재가 되고 싶기 때문이다. 마당이 있거나 잘 정돈된 집을 어딘가 지니고 있으면, 아이든, 아이의 아이든, 혹은 조카든, 마음이 힘들 때나 심심할 때 '찾아오고 싶은' 그런 공간이 될 수 있지 않을까 싶다. 그런 것들이 삶의 목표 같은 것이 되어 있다.

그 밖에도 책임이랄 것은 계속 늘어나는 듯하다. 당장 변호사 일과 관련하여도 한 인생이 걸린 경우가 많기 때문에 책임감 있게 일해야 한다. 항상 좋은 결과를 낼 수는 없더라도 항상 최선을 다해야 하는 종류의 일이다. 타인의 일을 책임지는 일이기 때문이다. 뉴스레터 운영이라든지, 내가 쓴 글 자체에 대해서도 책임감이 필요하다. 매일 내 갑옷이 더 단단해지도록 담금질을 해야 할 것만 같다.

홀로 왔다 홀로 가는 게 인생이고, 그저 나 하나 잘 살면 그만인 게 삶이라곤 하지만, 내가 갈수록 느끼는 삶은 그와는 다소 다르다. 오히려 이 땅에 와서 한평생 살아간다는 건 내 숨이 붙어 있는 한 내 책임을 다하고 떠나는 무엇에 가깝다고 느낀다. 삶이란 빈손으로 왔다가, 충분히 책임지고, 떠나는 것이다.

그런 책임져야 함을 저주스러운 부담으로 생각할 수도 있겠지만, 나는 오히려 책임질 수 있어서 다행이라는 생각이 들기도 한다. 무언가를 책임질 수 있다는 건 어쨌든 내게 그럴 힘이 있다는 뜻이기도 하기 때문이다. 다른 누구를 책임지고 싶어도 책임질 능력이 없는 때가 있었고, 또 그런 때가 오기도 할 것이다. 우리가 누군가를 책임질 수 있다는 건 그만큼 그 누군가에게 가치 있고 중요한 존재라는 뜻도 된다.

삶이라는 게 아무것도 책임지지 않고 아무런 부담도 없이 자유롭게 하늘을 날듯 살면 좋을 수도 있겠지만, 그만큼 그는 누구에게도 소중한 사람이 아닐 것이다. 누구도 그에게 의존하지 않고, 아무 기대도 하지 않으며, 그의 가치에 관심이 없는 상태가 곧 책임이 없는 상태일 수 있기 때문이다. 그렇기에 바라는 것이 있다면, 내가 책임을 다할 수 있을 정도의 몸과 마음과 정신을 오랫동안 가지는 것이다. 내가 기꺼이 이 책임지는 삶을 사랑할 수 있도록 말이다.

무언가
두렵다면

　　무언가 두렵다면 가장 가까운 곳을 바라보면 된다. 아이랑 아주 높은 곳에서부터 바다로 향해 있는 가파르고 커다란 계단을 내려가면서 그런 생각을 했다. 바다는 멀고, 그 먼 곳을 바라보면 이렇게 아찔하지만, 눈앞의 커다란 계단만 바라보며 한 칸씩 내려가면 괜찮다는 걸 알았다. 눈앞의 이 계단만 내려가면 될 뿐, 내가 저 먼 바다를 향해 뛰어들지만 않는다면 그 두려움은 허상에 불과한 것이다.

　　토마스 레온치니는《액체 세대의 삶》에

서 고소공포증에 대해 이야기하면서, 아무 두려움 없이 난간 위에서 낮잠을 즐기는 고양이를 언급한다. 고양이는 자기 파괴의 욕망, 저 아래로 뛰어들어 자기를 파괴하고자 하는 인식이 없기 때문에 고소공포증을 느끼지 않는다. 아이도 마찬가지다. 아이도 높은 곳에 있더라도 뛰어 내려 자기를 파괴하는 것에 대한 욕망도, 인식도 없기 때문에 두려움을 느끼지 않는다.

그러나 테라스 난간에 몸을 기대고 있다 보면 겁쟁이처럼 다리가 떨릴 때가 있다. 그런데 그 두려움은 나도 모르게 테라스 밖으로 스스로 몸을 던질지도 모른다는 충동과 관련되어 있는 듯하다. 사실 그 난간에 매달려 나는 내 안의 충동과 싸우고 있는 것이다. 충동적으로 스스로를 던져버릴지 모를 그 두려움, 내 안의 두려움이 그 순간 고소공포증이라는 걸 만들어낸다.

무언가 새로운 일을 하거나, 새로운 장소에 가거나, 새로운 사람을 만나는 것이 두렵다면, 지레 그 '먼 일'들을 바라보기보다는 눈앞의 현재에 집중하면 된다. 그곳으로 향하는 나의 발걸음, 당장 할 수 있는 일, 당장 해야 하는 일, 지금 당장 할 수 있는 한마디의 말에 집중하다 보면 그 막연했던 두려움은 사라진다. 나에게는 수행해야 할 현재만이 남는다.

인간이 무언가를 두려워하도록 만들어진 건 그만한 이유가 있어서일 것이다. 그 두려움이 우리를 안전에 몰두하게 하고, 실제로 우리의 목숨을 구해주는 경우도 많을 것이다. 그러나 많은 경우, 두려움은 우리 내면의 싸움이다. 때론 눈을 질끈 감으면 두려움은 사라진다. 그다음에 남는 용기는 매우 구체적인 현실에서 나의 손끝에 닿는 무엇과 관련되어 있다.

아내와 싸우고 나면 화해하는 게 두렵다. 그러나 화해할 용기는, 이를테면 미안하다는 말 한마디, 손을 뻗어 손바닥을 맞대는 일, 차 한잔을 끓여서 같이 마시는 행위 같은 아주 단순한 일들과 관련되어 있다. 무언가 도전하거나 모험하는 용기도 그 첫걸음과 관련된 일을 그냥 하는 그 구체성 속에 있다.

사실 이 이야기는 내가 어젯밤 꾼 꿈에서 기인한다. 꿈에서 나는 아이와 함께 바다를 향하는, 끝이 없을 것 같은 계단을 내려가고 있었다. 나는 이 가파른 계단과 저 망망대해로 떨어질 것이 두려웠는데, 아이는 아무런 두려움도 없이 계단을 한 칸 한 칸 내려갔다. 나는 아이와 함께 그 계단의 한 칸 한 칸에 집중하면서 마음속으로, '그래, 무언가 두렵다면 이렇게 가까운 곳만 보면 되는 거였어. 이걸 글로 써야겠어'라고 생각했다. 잠에서 깼을 땐 바로 그 마음이 생각났다. 그리고 이것은 내 마음이 꿈으로 나에게 알려주는 어떤 신호일지도 모른다고 생각했다. 언제나 필요한 건 한 걸음, 그리고 또 한 걸음이다.

삶을
사랑하는 연습

어느 여름의 하루, 나는 아이에게 물을 뒤집어쓰고 놀 수 있는 용기에 대해 가르쳐주었다. 아이는 다소 소심하고 조심스러운 구석이 있다. 나는 아빠로서 그런 아이의 성향을 조금은 이겨내게 해주는 역할을 해야 한다고 믿고 있다. 이를테면 조금 더 씩씩하고 용기 있게, 내 할아버지가 늘 내게 하던 말씀대로라면 조금 더 '용맹한' 심성을 심어주려고 북돋아줄 때가 있다.

동네에는 물놀이장이 하나 있는데, 아이는 이곳에서 노는 걸 다소 꺼려했다. 한번은 아내가 아이랑 둘이 이곳에 갔다가 속상하다며 내게 메시지를 보내기도 했다. 친구들은 다 잘 노는데, 아이는 혼자서 물 맞는 게 무서워 1시간째 놀지도 않고 소심하게 주변을 서성이기만 했다는 것이다. 그래놓고는 자신도 잘 놀지 못한 게 속상해서 울었다는 것이다.

나는 하루 날을 잡아 아이의 손을 잡고 물놀이장에 가서 같이 물속에 뛰어들었다. 역시나 아이가 소심하게 놀 듯 말 듯 하길래 나는 아이의 귓가에 속삭였다. "오늘 아빠랑 같이 신나게 놀면 문방구 가서 장난감 하나 사줄게. 너무 비싼 거 말고." 아이는 그 말에 혹해서 내 손을 잡고 물놀이터로 들어갔다.

나는 물속에서 아이가 좋아하는 '포켓몬 역할 놀이'를 함께 했다. 우리는 포켓몬인데 이 물놀이터에서 사방에서 물을 쏘아대는 거북왕 같은 '물 포켓몬'으로부터 도망쳐야 하는 미션이 주어졌다고 했다. 그렇게 아이랑 쏟아지는 폭포수 속에서 미끄럼틀 밑에 숨고, 기둥을 기어 오르고, 여기저기 온몸이 흠뻑 젖어가며 한참을 놀았다.

　　　아내는 아이가 그렇게 노는 게 너무 신기하다면서 놀랐다. 아이도 너무 재밌어하면서 입이 찢어져라 웃으며 물장구를 쳤다. 중간에 혼자 노는 같은 나이대 아이가 있길래 같이 미끄럼틀 밑에 물을 피해 숨었다가 내가 물었다.

　　　"너도 포켓몬 아니?"

　　　"네, 알아요. 피카츄, 파이리, 꼬부기….."

　　　"좋아, 누구 할래?"

　　　"어… 피카츄요."

　　　그렇게 우리는 셋이서 놀기 시작했다.

　　　나는 두 아이를 미끄럼틀 위로 올려주고, 둘이 같이 친구가 되어 놀게 해주었다. 그랬더니 중간부터는 마치 오래전부터 알던 절친인 것처럼 둘이 놀기 시작했다. 그때부터는 내가 빠져도 둘이서 잘 놀았다. "어떻게 한 거야? 신기하네." 벤치에 돌아와 앉자 아내가 말했다. 나는 무척 뿌듯한 마음이 들었다. 그렇게 뿌듯할 수가 없었다.

　　　나는 다른 것들을 잊고서 아이와 함께

온 마음으로 신나게 지내는 시간을 기다리곤 한다는 걸 다시 깨달았다. 한낮에 그렇게 물을 흠뻑 뒤집어쓰고 나니 충만한 마음이 들었다. 키즈 카페에 데려가주거나 적당히 레고 놀이를 해주는 것보다, 그렇게 온 마음으로 뛰어노는 게 언제나 나의 마음에도 더 좋다. 적당히 놀아주는 것은 내 에너지를 생성하지도 보존하지도 못하고 소모하기만 한다. 그러나 같이 신나게 놀면 에너지가 생성되고 마음에는 기쁨이 들어찬다.

아이가 커갈수록 아이와 노는 방법들도 계속 상상해내고 창조해야 한다. 축구를 하든, 달리기를 하든, 이렇게 물놀이를 하든, 매해 아이랑 노는 방법도 달라진다. 과거의 관성에 젖어 있으면 아이도 나도 재미없는 나날을 보내게 된다. 아이는 물놀이장 마감 시간이 될 때는 물 맞는 걸 전혀 무서워하지도 않고 오히려 재밌어하며 물을 맞고 다녔다. '용맹'해진 것이다.

나는 아이 옷과 내 옷을 챙겨 나갔다고 믿었는데, 아이 하의와 내 상의만 챙겨 갔다. 결국 아이한테 두 옷 다 입혀주고 나는 젖은 채로 돌아왔다. 아내는 역시 나에게 "항상 2프로 부족"이라고 했다. 그러나 나는 좋았다. 아이에게 내 옷을 처음 입혀봤는데 여전히 옷이 너무 커서 롱스커트 같았기 때문이다. 아내는 "이대로 아이도 더 크지 않고, 우리의 시간이 멈추면 좋겠어"라고 했다.

나는 이 정도 놀아줬으니 이제 집에 가서 씻고 밥 먹이면 바로 잠들겠구나, 하는 평온한 마음이 들었다. 그러나 내가 놓친 건 아이가 어릴 적과 다르게 체력도 늘었다는 점이었다. 이렇게 놀아줘도 밤 9시가 되어서까지 잠이 안 온다며 집 안을 돌아다니고 놀았다. 정작 나는 아이와 너무 열심히 놀아줘서 저녁을 먹고 잠시 기절해버렸다. 그렇게 우리는 크고 있었다. 나는 여전히 매일을 살아가는 법을 배우고, 한여름 주말에 쫄딱 젖은 채로 동네 길을 걷는 어른이 되는 법을 배우고, 물놀이를 하다 지쳐 잠드는 일을 배우고 있었다. 그렇게 삶을 사랑하는 연습을 여전히 이어가고 있었다.

여기까지 오려고
그랬나 보다

　여기까지 오는 게 무척 힘들었다. 이사 후 아이 방을 처음 만들어주고, 책상에 앉아 책을 읽는 아이를 보는데 문득 뭉클한 마음이 들었다. 간신히 구색을 갖춘 듯한 이 삶까지 오는 게 내겐 너무 어려웠다는 생각이 들었다. 새벽마다 깨는 아이를 한 팔에 안고 분유를 먹이며, 다른 한 팔로는 문제집을 풀면서 시작했던 삶이었다.

　공부를 하면서도 어떻게 학비와 생활비를 벌어야 할지 역시 늘 고민이었다. 간간이 글쓰기 수업을 하고, 칼럼을 쓰고, 책을 내고, 강연을 다니곤 하면서 월에 얼마쯤을 벌었다. 장학금이나 코로나 지원금 같은 게 절실하리만치 필요했던 순간도 있었다. 로스쿨 마지막 해에는 집안의 여러 어려움들과 이사가 겹쳤는데, 20대 때부터 모았던 책들을 중고로 팔면서 학비에 보태기도 했다.

서울로 올라와서는 아내가 임시방편으로 구해두었던 오피스텔에 살면서 매일 아이를 어린이집에, 유치원에 보내고 데려오면서 수습 기간을 마쳤다. 면역력을 한참 길러야 할 나이에 아이가 한 번씩 아플 때마다 집은 전쟁이었던 것 같다. 아이는 코로나에만 세 번 걸렸고, 아내는 두 번, 그리고 나는 마지막에 한 번 걸렸는데, 우리 셋이서 격리하며 지내던 때가 오히려 다소 안심할 수 있었던 때이기도 했다. 우리는 추억처럼, 셋이서 붙어 서로를 챙기던 때를 기억하곤 한다.

부모는 마음대로 아파서도 안 된다는 걸 거의 매일 실감하는 한편, 내가 '이 시절을 위해 그토록 자라왔구나'라는 생각도 해보게 된다. 적지 않은 세월, 조금씩 커서 어른이 되고, 온갖 지식들을 익히고, 경험을 하고, 조금씩 강해지고, 집 안의 잡다한 것을 고치는 능력에서부터 사회에 나가 돈을 버는 능력까지 그 긴 세월 동안 길러왔던 건 다 '이때를 위해서였구나' 생각하게 된다. 한 가정을 책임지고, 한 생명을 잘 키워내서 이 세상에 뿌리내리게 하는 그 여정을 온전히 해내고 책임지기 위하여 그 모든 시간 준비하고 애쓰며 여기까지 왔구나 싶은 것이다.

운전하고, 이사하고, 집을 계약하고, 돈을 지불하고, 사람을 상대하고, 법 조항을 살펴보고, 아이의 건강을 챙기고, 집의 하자를 수리하고, 에어컨을 사고, 방충망을 닦고, 연금보험을 알아보고, 아이랑 놀아주고, 요리를 하고, 그 밖에도 백 가지나 천 가지쯤 되는 일들을 해내기 위하여, 그렇게 한 책임 있는 어른이 되기 위하여 살아왔구나 싶다. 그리고 약간 믿을 수 없게도, 나는 정말 그 모든 걸 할 수 있구나 싶은 것이다. 또 내년에도, 10년 뒤에도 할 수 있어야만 한다고 생각한다.

하나의 가정, 하나의 가족, 하나의 집이

라는 것을 책임지고 감내하고 있는 위치라는 걸 생각하면, 과연 내가 정말 이런 걸 감내할 능력이 있는 사람이 맞나 싶은 의구심이 들기도 한다. 그런데 어쨌든 이것을 해내고 있는데, 그럴 수 있는 건 아내가 있기 때문이기도 하다. 우리는 함께 이 하나의 작은 왕국을 지탱하고 있는 것이다. 그리고 세상 모든 사람이 다르지 않다는 걸 이제야 좀 이해하는 것 같다. 종일 땀을 뻘뻘 흘리며 일하는 이 삿짐센터 아저씨나, 새벽같이 집들을 돌아다니며 에어컨을 설치하는 내 또래의 남자나, 주말에도 하루 종일 입주 청소를 하는 한 청년이나 다 다르지 않다는 걸 말이다.

　　이제야 인생을 좀 아는 것 같다. 인생이라는 게 근사한 저기 어디 꿈꾸는 것처럼 있는 게 아니라, 이 모든 것들을 감내하기로 결심한 순간에 바로 여기에서 내가 들이쉬는 숨마다 있다는 걸 말이다. 삶의 절정이라는 건 이 하루하루의 책임과 견뎌냄 속에서 공고하게 존재하는 것이라는 걸, 조금은 알 것 같다.

어린아이의 키로
달리는 일

"아들, 이리 와서 아빠 안아줘"라는 말에 아이는 웃으며 다가와 내 품에 안겼다. 그 무렵들어 아이는 부쩍 내게 호의적이다. 불과 몇 달 전만 해도 아빠는 일종의 '적군'이어서 보기만 하면덤비고 투쟁하며 싸우고 노는 상대였는데 아이의태도가 제법 바뀌었다. 얼마 전에는 "엄마보다 아빠가 더 좋아. 아빠가 세상에서 제일 좋아"라는 말에 아내가 적잖이 충격에 빠졌다.

몇 번 반차를 쓰고, 또 주말이면 아이랑노는 데 온 힘을 다 바치곤 하는 일들이 몇 번 있

다 보니, 아이는 아빠랑 노는 게 세상에서 제일 재
밌다고 했다. 아이의 눈높이에 맞추어 진심을 다해
놀기, 라고 했을 때 아직 아빠한테 이길 자는 없다.
친구들과 최고의 팀워크로 놀기에 아이는 아직 어
리다. 축구를 하든, 술래잡기를 하든, 숨바꼭질을
하든, 역할놀이를 하든, 아빠의 맞춤 서비스가 아
직은 제일 자기에게 '딱' 맞게 느껴질 때다. 나는
기꺼이 그렇게 하려고 한다.

　　　축구를 하면, 20점 내기를 하고 딱 19 대
20으로 져준다. 숨바꼭질을 하면, 한참 못 찾는 척
하다가 아이가 슬슬 들키고 싶을 때쯤 딱 찾아준
다. 장난감을 가지고 놀면, 아이 수준에서 아직 짜
기 어려운 반전 스토리를 짜서 놀아준다. 달리기
하면, 간발의 차이로 져준다. 술래잡기를 하면, 손
가락 끝으로 엉덩이에 닿을 듯 말 듯 하며 아슬아
슬한 재미를 준다. 까불고 덤비면 혼내준다는 명목
으로 들어올려 천장까지 던져준 다음 받아준다.

　　　아이는 이제 한글도 제법 읽고, 말도 곧
잘 하고, 여러모로 선하고 여린 심성이라 말도 잘

듣는다. 약속과 협상이 충분히 가능하고, 무엇이든 대가가 있다는 것, 주고받아야 한다는 것도 잘 납득한다. 키는 벌써 엄마의 가슴 높이까지 닿는다. 또래 친구들 중에서는 제일 크다. 이 폭풍과 같은 성장이, 약간 서럽다. "아들, 이리 와서 아빠 안아줘"라고 할 때 웃으면서 달려와 내 품에 안기는 존재란, 얼마 남지 않았다. 언젠가 이 공간에 덩그러니 남겨질 것이, 너무 쉽게 상상된다.

아내와 나는 셋의 삶에서 둘의 삶으로 가야 할 날을 자주 상상하며, 그때가 되는 것만으로 삶은 많이 저물어 있을 것이라 생각하곤 한다. 우리의 가장 젊고 아름다운 시절은 여기에 있고, 여기에서 다 쓴 다음에 다음 시절로 갈 예정이다. 이곳에서의 삶을 사랑하지 못한다면, 다음 시절의 사랑도 무색할 것이다. 그래서 나는 더 늙기 전에 최대한 더 아이가 되려고, 아이의 눈높이에 있는 존재가 되려고 한다. 아이로 살 수 있는 것도 지금이 마지막이다.

아이랑 함께 산다는 건 삶에서 마지막으

로 다시 어린아이가 될 수 있는 기회를 부여받는, 일생의 마지막 타임머신을 타는 일 같다고 생각한다. 아이가 아니었다면 내가 다시 공룡 이름과 포켓몬 이름을 외우고, 바다 생물들을 사랑하고, 동화책과 그림책을 읽고, 축구와 숨바꼭질을 할 일 따윈 없었을 것이다. 나는 그대로 늙어갈 수 있었지만 다시 빛나는, 노란 어떤 시절을 부여받았다. 그래서 나는 죽기 전 마지막으로 이 어린아이의 곁에서 어린아이의 키로 달리는 일에 참여하기로 한다. 젖 먹던 힘까지 사랑하기로 한다.

3부

사랑을
덧칠하는 삶

사랑의
분배 문제

　　우리 가족 최대 이슈 중 하나는 '사랑의 분배' 문제이다. 아내도 나도 아이에 대한 애정이 너무 커지다 보니 서로에 대해 관심과 애정을 쏟을 여력이 부족해지는 상황을 종종 맞이한다. 더군다나 아내와 내가 다투기라도 하는 날이면 둘 다 아이에 대한 집착이 커져서 인형 끌어안듯 아이를 데리고 도망가려 하고, 그러면 한 명이 소외되는 일도 심심찮게 일어난다.

　　그러나 어쨌든 아이는 아빠보다는 엄마를 더 사랑(한다고 주장)하기 때문에 대체로 그런 경우 소외되는 건 내가 된다. 그런데 또 굳이 둘이 다투지 않더라도 내가 아이만 너무 예뻐하면 아내도 소외감이나 외로움을 느끼곤 한다. 아내는 얼마 전 '좋은 아빠'는 이제 충분하니 '좋은 남편'으로 돌아오라고 하기도 했다.

사랑이 분배될 수밖에 없는 건 사랑이 시간이기 때문이다. 정확히 말하자면 사랑에는 두 개의 층위가 있다. 하나는 시간과 상관없이 이어지는 사랑이고, 다른 하나는 시간과 함께 이어지는 사랑이다. 가령 부모님과 보내는 시간은 더 이상 많지 않지만, 부모님을 사랑하지 않는 건 아니다. 그러나 어떤 사랑에는 반드시 그만큼의 시간을 들여야 한다.

그 사랑은 이제 내 삶과 생활에 밀착하여 내 삶 자체를 이루고 있는 사랑이다. 누구에게나 이런 사랑이 있다. 가령 부모님으로부터 독립하여 혼자 살며 고양이를 키우는 자취생에게 고양이는 '삶으로서의 사랑'이다. 부모님보다 고양이를 더 사랑하는 건 아닐지라도, 고양이랑 떨어져 있으면 더 보고 싶고, 더 걱정되고, 더 함께 있고 싶을 수 있다. 그 이유는 고양이가 삶이 되었기 때문이다.

마찬가지로 어떤 사랑은 이 시절의 삶이 된다. 그런데 삶이란, 또 시절이란 '시간'과 다르지 않다. 우리가 한 번뿐인 이 삶, 이 시절, 이 시간을 당신과 쓰기로 약속할 때 그것은 다른 특별한 종류의 사랑이 된다. 서로의 삶에서 가장 가까운 구성 요소가 되기로 하는 약속이고, 그에 대한 책임을 지기로 하는 맹세로서의 사랑이 된다. 이런 사랑의 가장 핵심 재료는 시간일 수밖에 없다.

결국 '사랑의 분배' 문제란 사실 '시간의 분배' 문제와 다르지 않은 셈이기도 하다. 출퇴근하고 집안일하느라 얼마 남지 않는 시간을 또 아이에게 쓰고 나면, 혼자 있는 시간도 부족하고, 서로에게 쓸 시간과 여력도 많이 남지 않는 것이다. 시간이라는 부족한 자원을 어떻게 나눌지가 요즘 우리 사랑에서 관건인 셈이기도 하다.

원하는 건 그저 셋이서 행복한 삶을 살아가는 것이지만 그게 마냥 쉽지는 않다. 건강, 교육, 돈, 집, 그런 현실적인 문제들도 산적해 있지만, 동시에 서로를 얼마나 잘 사랑할 것인지, 심지어 사랑을 얼마나 적절히 배분할 것인지, 그런 문제들이 매번 변주되어 다가온다. 어지간해서는 방심할 수 없는 것이다. 아마 삶에서 가장 어려운 건, 사업에 성공하거나 공부 잘하는 게 아니라, 사랑과 행복을 균형 있게 잘 이어가는 것이 아닐까 싶다. 그 과제의 어려움과 가치를 늘 기억해야 한다고 느낀다.

가정의 행복에 관한
언어

　　얼마 전 만난 형이 말하길, 자기 주변에서 나는 유일하게 결혼 생활이 좋다고 말하는 사람이라고 했다. 이런 비슷한 이야기는 꽤 여러 번 들었는데 서울에서 만났던 한 작가는 자기 주변의 결혼한 사람 중에 내가 가장 행복해 보인다고 말한 적이 있었다. 그런데 이런 이야기를 거듭하여 들을수록 어딘지 이상하다고 느끼게 된다. 실제로는 그럴 리가 없기 때문이다. 결혼한 사람 중에 내가 가장 행복할 리는 없기 때문이다.

　　실제로 우리 가족의 삶도 일주일 정도를

들여다보면 함께 '행복했다'고 말할 수 있는 시간은 그리 많지 않다. 대개의 시간은 그저 평범하게 흘러가고, 반 이상이 고생과 힘겨움이며, 다투거나 시큰둥한 때도 드물지 않다. 그런데도 나의 표현들로 들여다본 삶이 유난히 행복해 보인다면, 다른 사람들이 쉽사리 '가정생활'의 행복에 대해 말하지 않기 때문일 것이다. 그리고 어쩌면 그 이유는 그만큼 가정의 행복에 관한 언어가 없기 때문이 아닐까 싶은 생각이 든다.

극명하게 대비되는 것은 연애다. 연애에 대해서는 너무 많은 온갖 언어들이 이미 존재하고 있어서, 연애의 처음부터 끝까지 거의 모든 순간에 대한 찬양과 의미 부여를 그저 빌려 쓰면 된다. 연인과 그저 길만 걷고, 밥이나 먹고, TV나 보아도, 그 순간은 영화 같고 소설 같다. 실제로 영화나 소설, 노랫말 속에서 그런 시간의 소중함과 가치 있음, 아름다움이 수도 없이 다루어졌기 때문이다. 달리 말하면, 연애에 관해 우리는 이미 넘칠 정도의 언어와 이미지를 알고 있는 셈이다.

그러나 결혼 혹은 가정, 육아 등에 대해서는 그런 언어나 이미지가 거의 계발되어 있지 않다는 느낌이 들곤 한다. 아침에 일어나 팔다리를 쭉 펴고 기지개를 켜며 나를 바라보는 아이의 두 눈동자가 얼마나 경이로운지, 아이와 아내랑 셋이서 마트에 가서 시식 코너를 둘러보며 아이의 입에 포도를 집어넣어주는 순간이 얼마나 아름다운지, 아이를 일찍 재워두고 오랜만에 허락된 시간에 평온과 여유를 느끼며 몰래 맥주 마시면서 둘이서 영화 보는 시간이 얼마나 달콤한지를 말하는 문학이나 영화는 좀처럼 보기 힘든 것이다. 그런 언어가 존재하지 않으니 그런 삶도 없는 것처럼만 느껴지는 것이다.

　　실제로 아내가 임신했던 때 아이의 탄생을 기다리며 아내와 그런 영화를 찾아보려고 한 적이 있다. 하지만 아이와의 만남과 셋의 가정생활이 얼마나 아름답고 행복할 수 있는지를 여실히 보여주는 영화를 찾는 건 무척 어려웠다. 그런 순간을 밀도 있게 들여다보면서 그런 시간도 얼마나 영화

같을 수 있고 소설 같을 수 있는지를 일려주는 작품, 이미지, 언어 자체가 거의 없었던 것이다. 기대하고 봤던 〈해피 이벤트〉라는 영화는 얼마나 결혼과 육아가 지옥 같은지만을 보여주었다.

그러나 나 같은 경우는 아무리 생각하더라도 여자 친구와 손을 잡고 걷던 길보다는 아장아장 걷는 아이와 셋이서 걷는 저녁의 느낌이 어딘지 더 유일무이하고, 절대적이며, 아름답다는 느낌이 든다. 다소 가장된 상태로 서로를 유혹하고, 자신을 감추며, 자신의 일부만을 연출하듯 지내던 관계보다는, 가장 깊고 솔직한 부분까지 알아가며 엮이게 되어가는 관계가 더 영화나 소설다울 수 있다고 생각하기도 한다. 내가 느끼고 말하고 싶은 건, 이미 배웠던 영화나 소설 속 이미지나 언어가 아니라 내가 실제로 속한 현실이다.

의외로 사람은 나약해서 자기가 속한 삶을 정말 쉽게 부정할 수 있다. 예능 속의 화려한 연예인들의 삶에 박탈감을 느껴 이혼을 결심할 수도 있고, 한 편의 영화를 보고서 이민을 떠날 수도 있으며, 소설 속 삶에 깊이 몰두한 나머지 지금의 생을 마감하려 할 수도 있다. 실제로 내가 속한 삶에 존재하는 행복들 역시 전혀 발견되지 못한 채 다른 이미지들로 뒤덮여 은폐될 수 있다. 내 삶에 관한 언어를 발굴하지 못한다면 결국 남는 건 타인들에게서 빌려온 언어들뿐이고, 그런 말들을 통해 자기 삶을 생각하고 표현할 수밖에 없게 된다.

만약 누군가 내 몸에 들어와 빙의해서 일주일만 살아본다면 '뭐야. 이건 내 삶이랑 다를 게 없잖아' 하고 말할지도 모른다. 내 삶은 다른 사람들의 삶에 비해 월등하게 행복하지 않기 때문이다. 어쩌면 그저 다 비슷하게 살아가고 있을 테지만, 삶을 받아들이는 방식, 삶을 바라보는 이미지, 그 삶을 이해하는 언어만이 다를 뿐일 것이다. 그런데 그렇게 받아들이고, 바라보고, 이해하는 방식이 역으로 삶을 만들어낸다고도 믿게 된다. 때로는 형식이 내용을 바꾼다. 태도가 실체를 만드는 것이다.

그러니 나는 삶이 어떠하든 그 삶을 온전히 대하고자 애쓰고 있다. 모든 삶, 모든 시절에 있는 행복이나 힘겨움을 그대로 마주하고자 하고, 특히 삶이 가진 아름다움이나 경이로움 혹은 신비로움을 무엇보다 깊이 느끼고 간직하려고 애쓴다. 그러다 보면 삶은 어느 순간 정말로 그러한 것으로 다가오곤 한다. 매 시절 내가 사는 삶을 어딘가에서 빌려오지 않은 나만의 영화나 소설로 만들어간다고 느끼곤 한다.

매일 돌아오는
삶을 위하여

요즘 아내와 나누는 묘한 대화가 있다. "우리는 이렇게 살려고 그렇게 열심히 공부하고 애썼던 걸까?" 어느 저녁이면, 주말에 나들이를 갔다가 돌아오는 길이면, 종종 이와 비슷한 질문을 서로에게 던진다. 그저 매일 출퇴근하고, 아이 하나 키우고, 주말이면 아웃렛이나 한번씩 다녀오고, 휴가철에는 여행 한번쯤 다녀오는 그런 삶 말이다. 남들과 그리 다를 것 없는, 그저 이 평범한 삶 하나 영위하기 위해서 말이다.

그러면 늘 거의 비슷한 대답을 서로 하

게 된다. "그렇지, 뭐." 인생이란 게 그렇게 대단한 어딘가에 따로 있는 게 아니라는 걸, 매번 확인한다. 아마 조금씩 나아지는 건 있을 것이다. 나중에는 지금보다 조금은 더 좋은 집에 살거나, 조금은 더 좋은 차를 탈지도 모른다. 조금 더 비싼 밥을 조금 더 자주 먹을지도 모른다. 그러나 그 모든 게 어릴 적 꿈꾸었던 것처럼, 저 하늘 너머에 있는 대단한 삶은 아니다. 그저 우리가 어릴 적 어린이로 살았던 삶을 이제 어른의 입장에서 살게 되는 것뿐이다.

어찌 보면 당연한 일이다. 이 평범한 삶을 넘어선 바깥의 어딘가에 그리 엄청난 삶이 있다 한들, 그런 삶이 무엇인지도 알 수 없다. 가령 하와이에 별장을 짓고 매일 해수욕하는 삶이라든지, 거대한 저택을 짓고 호랑이를 키우는 삶이라든지, 출퇴근도 없이 매일 전 세계를 여행 다니는 삶 같은 것을 살려고 했던 것도 아니다. 그런 삶이 있는지 없는지, 좋은지 나쁜지조차 모른다. 사실 우리는 응당 도착해야 할 그런 삶에 도착한 것이다. 스스로와 서로를 책임지며 나이 들어갈 수 있는 그런 삶 말이다.

어느 저녁에 아내랑 맥주 한잔을 하면서, "나는 항상 바다가 있는 어떤 삶을, 거의 매일 꿈꾸는 것 같아"라고 말했다. 아내는 "그 이야기, 거의 맨날 하는 것 같은데"라고 대답했다. 그런데 막상 그렇게 말하면서도 바다 근처에 가서 살 용기는 별로 생기지 않는다. 어쩌면 바닷가에서 살더라도 크게 다르지 않을 삶이라는 걸 알기 때문일 것이다. 출퇴근하고, 셋이서 나들이 가고, 돈 걱정하고, 때론 맥주 한잔 하고, 늦은 밤 책 읽거나 드라마 보는 일을 좋아하면서, 그냥 그렇게 살고 있을 것이다. 그러면 또 이렇게 물을 것이다. "우리는 이렇게 살려고 여기까지 떠나온 걸까?"

얼마 전 아내와 아이랑 우연히 힙한 '청춘'들의 거리랄 것에 흘러들어간 적이 있었다. 남녀들이 짝지어 즐비한 거리 속에서 우리는 농담하듯 이렇게 말했다. "결국 그렇게 열심히 연애하고 데이트하며 사랑했던 게 다 이렇게 살려고 그랬던

거네." 어느덧 청춘의 거리나 심정이랄 것과도 멀어진 지금에서, 가족이 되어 반복적인 삶을 꾸려나가는 입장에서, 우리는 그렇게 청춘과의 거리를 메우려 해본다. 이렇게 계속 흘러갈 삶을 받아들인다.

아이는 점점 커나갈 것이고, 그렇게 우리로부터 멀어지고 떠날 일이 남았다. 아내와 나는 이 가정을 지키면서 조금씩 단단한 울타리를 만들어가려 애쓸 것이다. 우리는 또 여행을 떠날 것이지만 돌아올 것이고, 또 재밌는 드라마 몇 편 더 남은 생 동안 함께 볼 것이고, 새로운 식당에서 맛있는 음식을 여러 번 같이 먹을 것이다. 몇 가지 일들에 함께 기뻐하거나 슬퍼하고, 다른 모두처럼 늙어갈 것이다. 그렇게 그저 매일 도착한 삶을 살게 될 것이다. 너무 멀리 갈 것 없이, 매일 돌아오는 삶을 살고 있을 것이다.

낭만적 환상,
그 이후

　　내 삶에 은근히 심각하고 중요한 영향을 미친 영화가 하나 있다. 〈블루 발렌타인〉이라는 영화로, 처음 봤을 때는 매우 충격적이었다. 슬프고 우울하면서도, 가장 아름답고 낭만적인 영화라 생각했었는데, 그럼에도 이제는 마치 공포 영화처럼 내 마음에 자리 잡았다. 이 영화를 봤을 때가 20대 중반쯤이었는데 그때까지 내 삶을 지배하던 태도가 묘하게 뒤틀리는 경험을 했다.

　　청년 시절 나를 지배하고 있던 태도는 '꿈은 반드시 이루어진다' 유의 꿈에 대한 긍정적이고 낭만적인 환상이었다. 소년 만화를 좋아하며 자란 내게 삶이란 일종의 만화 주인공의 것과 비슷할 거라고 느껴지지 않았나 싶다. '해적 왕'이 될 거라고 꿈꾸면 해적 왕이 되는 세계, 어떤 종류의 환상이든 이루어내는 세계가 있다.

그러나 〈블루 발렌타인〉을 보고 나서는 너무 당연한 현실을 약간 충격적으로 깨달았다. 내가 막연히 꿈꾸는 환상적인 삶이 이루어지지 않을 수도 있겠다는 단순한 깨달음이었다. 모든 진실은 사실 단순하다. 다만 누구나 그런 진실을 인정하기 어려워할 뿐이다. 가령 꿈은 이루어지지 않을 수도 있고, 관계는 파괴될 수 있으며, 내가 가진 걸 모두 잃을 수도 있다는 것은 아주 단순한 '진실'이지만 받아들이기는 언제나 어렵다.

〈블루 발렌타인〉은 말하자면, 예술적인 재능으로 넘쳐나고, 낭만적이며, 사랑을 위해서는 삶도 바칠 수 있는 청년이 나이가 들어가며 무능력한 현실을 마주하는 과정을 그려낸다. 재능은 있지만 어느 것 하나 꾸준하게 제대로 해낸 게 없는 남자는 점점 피해의식에 사로잡힌 존재로 전락해간다. 여전히 다정하고 사랑이 넘칠 때도 있지만 그만큼 피해의식에서 비롯된 의처증 같은 것에 시달리며 '반쯤' 병든 인간이 된다. 그 과정이 매우 적나라하게 드러나는데, 초반부의 아름다움만큼이나 후반부의 비참함이 두드러지는 영화다.

내게 20대는 일종의 '환상을 가로지르는' 여정이었던 것 같다. 10대에 품은 환상을 하나씩 해체해가면서 삶을 경험하고 만나는 그런 과정이었다. 사랑도 막연히 상상한 그런 게 아니라는 것, 삶도 꿈도 모두 '꿈꾼 그대로 이루어지는 무엇'은 아니라는 것을 점차 알아갔다. 그렇게 30대가 되었을 때 나는 더 이상 환상을 맹목적으로 따르기보다는 도래하는 현실을 받아들이고 사랑하는 법을 비로소 배우기 시작했던 것 같다.

나의 30대는 그야말로 '꿈꾼 적 없던 삶의 시작'이었다. 아이를 낳아 키우겠다는 꿈은 내 계획에 딱히 없었다. 주변에서 조카 등 아이를 본 적도 없었고, 아이가 귀엽다는 것도 몰랐다. 아버지가 된다는 것을 상상해본 적도 거의 없었다. 로스쿨에 간다든지, 정부 기관이나 로펌에서 일한다든지, 법정에 선다든지 하는 것 역시 20대 내내 '상상'해본 적 없는 일이었다. 헬스 같은 건 나와 다른 나라에 사는 사람들이 하는 것이라 생각했다.

20대에 환상을 가로질렀다면, 30대에는 환상 이후의 삶을 살아가고 있다. 물론 여기에서도 나름의 환상들이 피어오르긴 한다. 그러나 나는 더 이상 어떠한 환상도 그렇게 맹목적으로 믿지 않고, 무엇보다 삶이 환상적으로 좋아하질 거라는 대책 없는 긍정성으로부터는 완전히 탈피했다. 나는 삶이 가라앉지만 않아도 다행이라 믿으며, 내게 주어진 것에 감사하고, 할 수 있는 한 최선을 다해보자는 생각으로 하루하루를 살아갈 뿐이다.

결국 삶을 살아가는 태도는, 막연히 내가 설정해둔 미래를 향해 '돌진하기'보다는 어떤 미래가 '다가오든' 그 미래를 살아낼 수 있는 준비를 하며 현재에 충실하고자 하는 것이어야 하지 않나 싶다. 나는 현재를 사랑하면서 미래를 '기다리

고' 있는 것이다. 무엇이 오든 그래도 삶을 사랑할

수 있기를 바라면서 늘 삶을 준비하고 있는 것이다.

관계는
회전목마처럼

　　이상하게도 주위 사람들은 종종 나에게 참으로 '온화한 사랑'을 할 것 같다는 이야기를 하곤 한다. 아내랑도 잘 다투지 않고 하염없는 가정의 평화와 행복을 누릴 거라고 생각하는 경우가 있다. 그러나 실상은 별로 그렇지 않다. 오히려 아내와 나는 격정적인 사랑을 하는 편이라고 해야 할지, 싸우고 으르렁대고 화해하고 잘 지내기를 회전목마처럼 반복한다.

　　비교적 최근에 《사랑이 묻고 인문학이 답하다》라는 책을 낸 적이 있었다. 그런데 사실 사람에 대한 그 책의 교정본을 보고 있을 때도 아내랑 다투었다. 꽤나 흥미로웠던 것이, 아내랑 싸우고 혼자 방에 들어가 교정본을 보고 있으니 자꾸 죄책감이 드는 것이었다. 사랑에서는 용기가 중요하다고 써놓은 나의 글을 고치고 있자니 '찔리는 기분'을 견디다 못해 아내랑 화해하러 가기도 했다.

사실 사랑에 관한 책은 꽤 예전부터 쓰고 싶었으나 쓸 수가 없었다. 아내를 만나기 전까지는 이렇다 할 사랑 이야기 자체를 쓴 적도 거의 없었다. 그러나 아내를 만나고 나서는 사랑에 대한 이야기들을 오히려 많이 쓰게 되었는데, 그것도 우리의 다소 '격정적인' 사랑이 준 영향이 아닐까 싶기도 하다. 꽤나 역동적이라고 할 만한 이 관계를 생각하고 또 생각하다 보니 비로소 책까지 쓰게 되었다.

한번은 함박눈이 오는 날 아내는 나랑 같이 점심을 먹겠다며 직장 앞까지 찾아왔다. 둘이서 그렇게 시내에서 만나는 게 너무 오랜만이고 낯선 일이었다. 외식을 할 때면 항상 아이가 함께 있고 아이에게서 신경의 끈을 놓을 수 없었다. 그러나 아이가 없는 시내에서 아내를 만나 손잡고 걸으니 신비롭고도 낯선 기분이 들었다.

　　원래 예쁘게 잘 웃는 아내가 눈 맞으면서 같이 걷고 있으니 더 예뻐 보이기도 하고, 둘만 있으니 아내한테 더 집중도 하게 되는 게 신기했다. 그러다 보니 자연스레 우리가 처음 만났던 겨울이 생각나기도 했다. 관계란 이렇게 계절과 함께, 계절처럼 무언가 계속 되돌아오는 일인가 보다 싶었다. 싸웠다가, 시큰둥해졌다가, 미워했다가, 다시 손잡고, 찾고, 사랑하고, 함께 거니는 이 일들이 우주를 도는 별들의 일처럼 느껴지기도 했다.

　　아이와의 관계도 다르지 않아서, 어느 때는 아이가 너무 사랑스럽다가도, 때론 지치거나 피곤해서 아이도 혼자 놀아주었으면 싶을 때가 적지 않다. 아이 때문에 너무 힘들고 화가 날 때도 있지만, 그래도 우리는 결국 '그래도 사랑해'라는 마음으로 돌아온다. 삶이란 그런 좌충우돌을 받아들일 때 슬며시 우리에게 그 본연의 향기를 맡게 해주는 듯하다.

사랑에 대한 이야기를 쓰는 것도, 사랑에 대한 인문학 책을 읽는 것도, 그런 책을 놓고 독서 모임을 하는 것도, 그리고 사랑을 하는 것도, 모두 한 시절 삶의 소중한 일이라는 생각이 든다. 그것이 온화하고 정적으로 박제된 일이 아니라 실제의 오늘에 매일 일어나는 현재진행형의 어떤 움직임이라는 점에서 더 온당하다는 느낌을 준다.

별들은 고요하게 밤하늘을 이동하는 것처럼 보인다. 그러나 실제로 별들을 폭발하고, 충돌하며, 탄생했다 소멸하는 일을 이어가고 있다. 사랑을 하며 살아가는 일이란 이를테면 그런 별들의 소리를 듣는 일이 아닌가 한다.

꽃등에를
사랑할 수 있기를

초등학생 시절, 아이들은 꽃등에를 잡아서 날개를 떼고 필통에 모아두곤 했다. 그러면 쉬는 시간마다 필통에서 날개가 떨어진 꽃등에를 책상 위에 올려놓고 달리기 시합을 하게 하거나, 창문에서 떨어뜨린 다음 다시 내려가서 살아 있나 확인해보고 주워 올라오곤 했다. 나도 곤충 잡는 걸 좋아했고 또 어린아이만의 순수한 잔인함 같은 게 있던 나이였지만 이상하게 그 일만큼은 너무 끔찍하게 느껴졌다.

나는 방아깨비, 메뚜기, 여치, 매미, 잠

자리 등 곤충을 채집하는 걸 좋아했는데 언제나 목표는 그런 곤충들을 잡아서 집에서 키우는 것이었다. 물론 곤충들이 오랫동안 잘 살아 있는 경우는 거의 없었다. 나는 그런 점들이 늘 못내 아쉬웠는데 어머니와 아버지는 그런 내가 안타까웠는지 어느 날부터인가는 베란다 전체를 '곤충 숲'으로 만들어주었다.

그래서 나는 그때부터는 곤충들을 잡아오면 더 이상 케이스 안에 가두어두지 않고 곧장 베란다에 풀어두었다. 그러면 녀석들은 화분 어딘가 흙이 있고, 잡초가 있고, 나무가 있는 곳으로 열심히 뛰어 가거나 날아갔다. 내가 황홀할 만큼 좋았던 건 베란다 화분의 나무에 매미가 붙어서 울거나, 베란다 천장에 잠자리가 날아다니는 일을 보는 것이었다. 물론 그 일은 약간의 참사 같은 게 되어서, 몇 년이 지나도록 베란다 창틀 등 구석구석에서는 곤충들의 거대한 사체가 발견되곤 했다.

그래도 나는 곤충들이 생명으로서 살아 있는 걸 좋아했고 그들과 함께 살고 싶었던 것 같다(물론, 곤충 입장에서는 딱히 나랑 베란다에서 살고 싶지는 않았겠지만 어릴 적에는 거기까지는 생각하지 못했던 것 같다). 그런데 그런 곤충의 날개를 떼고 수집하다가 결국 다 죽여버리고 마는 아이들은 도저히 이해할 수가 없었던 것이다. 어느 날은 집에 돌아가 어머니한테 그 이야기를 하면서 울기도 했다. 그러다가 학교의 꽃등에들이 모두 사라지면 어쩌나 걱정이 되기도 했다. 꽃등에는 벌처럼 사람을 쏘지도 않고 너무나 착한 곤충인데 그러면 안 되는 거라고 생각했던 것이다.

아이가 점점 자라나면서 문득문득 그런 시절의 단편 같은 것들이 떠오른다. 지금 아이 또래의 아기들은 모두 순수하고, 한없이 귀엽고, 하는 행동 하나하나가 모두 사랑스럽다. 그러나 그중에서는 결국 누군가에게 무척 잔인한 어른이 될 아이들도 있을 것이고, 살아가며 타인에게 아무렇지 않게 상처를 주거나, 세상을 폭력으로 물들이게 될 수도 있을 것이다.

어느 시점부터 아이들에게 그런 마음이

깃들지 모르겠으나 내 아이는 적어도 곤충들의 다리나 날개를 떼어내는 아이로 자라지 않으면 좋겠다는 묘한 바람 같은 걸 가지게 된다. 다행히 아이는 어릴 적의 나보다 곤충의 마음을 더 잘 아는 존재로 크고 있는 듯하다. 곤충을 잡아와 같이 살고 싶었던 나와 다르게, 곤충들도 자신의 엄마 아빠에게 돌아가고 싶다고 생각하니까 말이다(덕분에 아직 우리 집 베란다가 거대한 곤충들로 가득해진 일은 없다). 그저 길을 걷다가 몇 년 만에 꽃등에를 보면서, 아이가 이 작은 존재들을 사랑하고 잘 살기를 빌어줄 수 있는 사람이 되었으면 하고 바라 본다.

아내와
하이볼을 한잔 하다가

아내와 하이볼 한잔을 하다가, 나는 "역시 지금 삶을 사랑해야겠어"라고 말했다. 삶이 어딘가에 도착해서 누리는 것이 아니라는 것을 깨닫지 못하면, 인간은 불행하게 죽을 수밖에 없는 것 같다. 결국 삶을 사랑할 방법은 그 여정을 사랑하는 것밖에는 없다. 어디에 도착하든, 삶에는 다음 목적지가 주어지기 마련이다.

내가 이것을 가장 절실히 깨달은 건 로스쿨 생활을 지나면서였다. 대개 수험 생활이란, 미래의 행복을 위해 현재의 행복을 포기하는 것으로 정의된다. 그러나 나는 그럴 수 없었다. 내게는 수험 생활이 (인생에서 가장 소중하게 기억될 수 있는) 신혼 생활이었고, 곧 인생의 유일한 신혼생활이었고, 또 인생에서 유일하게 아이의 유년기를 함께 보낼 수 있는 시간이었기 때문이다. 그랬기에 나는 목적지까지 행복을, 사랑을 마냥 유예할 수는 없었다.

그렇게 나의 필사의 사랑을 건 수험 생활이 시작되었다. 무슨 수를 써서라도, 남들만큼 공부를 하면서 후회없이 사랑도 해야 했다. 주말의 바닷가로 달려가서, 아이랑 틈틈이 놀아주면서 모래사장에 수험서 한 권을 들고 주저앉아 공부를 했다. 한 손으로는 장난감 삽으로 땅을 파주면서, 한 손으로는 책에다 형광펜을 그었다. 그러다가 그런 상태가 미안해지면 한바탕 아이랑 놀아주고 다시 책을 꺼내 들었다. 책은 바닷물에 젖어 쭈글쭈글해졌다.

아이의 목욕은 항상 내가 시켰다. 목욕 시간이 소중했던 건, 홀딱 벗고 욕조에 들어가 거품 놀이를 하며 노는 아이가 너무도 사랑스러웠고,

또 아이가 그 시간을 가장 즐거워했기 때문이다. 나는 그 시간을 위해 내가 암기해야 할 내용들을 모조리 녹음해두었다. 아이 목욕을 시키면서, 귀에는 이어폰을 꽂고 법조문과 판례를 암기했다. 나는 두 마리 토끼를 반드시 잡아야 했다.

그 밖에도 곡예를 부리듯 공부하며 육아하고 신혼 생활을 보냈던 나날들은 셀 수 없이 많았다. 아내와 아이를 차에 태우고 어딘가로 여행 가거나 나들이 가는 때도, 언제나 내게는 귀로 공부하는 시간이었다. 어떤 호텔에 가든 문제집이나 암기장을 놓고 간 적이 없었다. 그렇지만 언젠가 공부가 끝나고 좋은 상황에 가서야 사랑을 하겠다고 생각하진 않았다. 그때가 되면, 늦어버리고 후회할 걸 알았다. 그래서 내 젊은 날의 정신력과 체력은 공부와 사랑이라는 두 마리 토끼를 모두 잡는 데 썼다.

그런 걸 처음부터 잘할 수는 없었다. 당연히 로스쿨 첫 학년에는 성적이 엉망이었다. 나에게는 공부에 특출난 재능 같은 건 없었다. 그러나 그 필사의 애씀이 이상하게도 내게 가장 알맞는 어떤 길을 열어주었다. 더 절박하게 공부해서인지, 그런 상황에 결국 적응하며 성적은 많이 올랐다. 공부와 시험이 모두 끝난 다음 날, 기숙사를 정리하면서 나는 혼자 오전 내내 펑펑 울었다.

그 시절은 힘들었지만, 내게 삶을 어떻게 살아야 하는지 알려주었다. 초조해하고 불안해하면서 어느 하나의 걱정에 몰두하고 사로잡히기보다는, 그 초조하고 불안한 여정을 사랑해야만 한다는 것이었다. 그래서 그 초조와 불안에 잡아먹히면 지는 것이고, 하나의 목표 달성에 목을 매고 다른 것들을 내팽개쳐도 지는 것이라는 걸 알려주었다. 여정에서 사랑하지 못하면, 삶은 사랑하지 못한 채 끝이 난다.

삶이 끝나는 날까지, 인간의 삶은 여정 속에 있을 수밖에 없다. 목표는 끝없이 도래하기 마련이고, 결국 그 과정에서 사랑할 방법을 찾아야 한다. 일단 사랑해야 한다. 오늘을 즐기고, 오늘의 삶을 사랑할 방법을 찾아야 한다. 그러지 못하면, 삶은 이미 너무 많이 지나가 있을 것이다. 안심하고 모든 걸 누릴 수 있는 목표의 대지, 젖과 꿀이 흐르는 땅은 없다. 삶은 언제나 그곳으로 향하는 여정이고, 그 여정을 사랑해야 한다.

함께 살다 보면
왠지 우스워지고 싶어진다

"당신이 나를 사랑하지 않는 것 같아."

아내는 종종 이런 말을 한다. "기분이 왠지 이상해. 어딘지 불길하고 불안해." 나는 종종 이런 말을 한다. 아내나 내가 이런 말을 하면 우리는 왜 그런지 금방 알아챈다. 보통 이 말이 나오는 분위기, 상황, 말투를 들여다보면 금방 그 이유를 알게 된다. 이 말은 아내나 내가 졸릴 때 하는 말이다. 하루치 잠을 채 다 자지 못했을 때, 그래서 잠이 부족할 때 우리는 이런 말을 한다.

'잠이 부족한 느낌'은 사람마다 비슷할

지도 모른다. 그런데 그 느낌을 해석하는 방법은 각기 다르다. 아내는 그 느낌을 '당신이 나를 사랑하지 않는 것'이라 해석하는 습관이 있다. 반대로 나는 그 느낌이 인생의 어떤 부분이 잘못되어 고칠 수 없는 쪽으로 이끌려 들어가는 '불길함'이라 해석하는 습관이 있다. 그런데 이런 습관이 워낙 누적되고, 서로에 의해 반복적으로 확인되다 보니, 점점 더 별일 아니라는 걸 '머리로는 알게' 되어간다.

왜냐하면 "나 왠지 기분이 이상해…" 하고 내가 말하면, 아내는 또 어김없이 "또 졸리구만" 하고 말하고, 그러다가 정말 내가 낮잠을 자버린 경우가 엄청나게 많은 것이다. 마찬가지로 아내가 "이상하게 추워. 오한이 스며들어. 당신은 왜 나를 사랑하지 않아?" 하면, 나는 "졸린 것 같은데" 하고 대답하고, 그러면 아내는 어느덧 졸고 있다. 함께 살다 보면 아무래도 그렇게 서로를 확인하고, 객관화하고, 자기를 알아가게 된다. 혼자였다면 빠져나올 길 없는 구렁텅이로 떨어져서 세상의 모든 심각함과 절망을 끌어안을지 모를 상황도 "졸리구만" 하나로 해결이 되는 것이다.

대개 갑자기 어느 밤, 끝없이 걱정이 이어지고, 그러면서도 불길함과 불안함에 휩싸일 때는, 해결할 수 없는 문제를 자기도 모르고 끌고 왔을 때이다. 삶에는 항상 걱정할 게 있다. 고민하기 시작하자면 끝도 없이 할 수 있다. 앞으로 살 집은 어떻게 구할 것이며, 자동차는 언제 바꿀 것이며, 아이 유치원비나 학자금은 어떡할 것이고, 멀어진 옛 친구라든지, 부모님이라든지, 사돈의 팔촌까지 걱정할 사람은 많다. 그러나 그 모든 것들은 대개 내가 어찌할 수 없는 것들이다. 그런 것들은 이를 테면 졸린 순간에, 비가 오려고 저기압이 된 날에 스멀스멀 몰려들어온다. 그렇게 나는 불길해진다.

곁에 있는 사람은 아마도 그런 순간에 서로를 붙잡아주라고 서로의 곁에 있게 된 듯하다. 아무래도 최악의 상황 같은 건 일어나지 않는다고, 그저 나쁜 마음도, 일도, 생각도 지나갈 것이라고, 그렇게 지나가고 나면 당신과 내가 있을 거라고 속삭여주기 위해 함께 살아가는 것이라는 생각이 든다.

함께 살아가다 보면 왠지 우스워지고 싶게 된다. 당신도, 나도 시트콤에 등장하는 인물 같다고 믿고 싶어지게 된다. 당신의 삶도, 나의 삶도 심각하기보다는 귀여운 것이고, 진지하기보다는 웃긴 것이고, 삶이란 비극보다도 희극에 가깝다고 믿고 싶어진다. 아마 그래서 함께 사는 좋은 삶이란 어딘지 우스워지는 게 아닌가, 웃겨지는 게 아닌가 싶은 생각이 드는 것이다. 삶이란 그렇게 될 때 살 만해지고, 또 좋아할 만한 것이 되기도 한다.

잠시 꼭
붙어 있는 시절

　　얼마 전, 휴대폰의 잠금화면을 웃으며 해변에서 놀고 있는 아이의 사진으로 바꾸었다. 휴대폰을 열어 아이의 미소를 볼 때면 갑자기 아이가 보고 싶어 달려가고 싶을 때가 있다. 어린아이를 키우는 부모들은 다들 프사니 바탕화면이니 하는 걸 아이로 바꾼다는데, 나도 그 이유를 알 것 같다. 그건 아이와 함께하는 삶이 그리 길지 않기 때문이다.

　　어린아이를 프로필 사진이니 바탕화면이니 하는 것에 걸어두는 게 부모들이 하는 다소 요사스러운 일인 것처럼 보일 수 있겠지만, 그런 걸 할 수 있는 날이라고 해봐야 100세 시대에 몇 년 남짓이다. 조금이라도 아이를 더 보고 싶어서 사진을 걸어두고, 그 아이의 미소를 보며 힘을 내는, 다소 젊은 부모로 사는 날이라는 것은 잠깐 해보고 떠나 보내는 시절의 일이다. 모르면 몰라도, 지나고 나면 눈 깜빡할 새에 지나갔다고 느낄지도 모른다.

넷플릭스에 〈장송의 프리렌〉이라는 만화가 있다. 몇 편을 보면서 눈에 눈물이 차올랐다. 이야기는, 아주 긴 세월을 살아가는 엘프가 인간 친구들을 모두 떠나 보낸 뒤의 시간을 살아가는 여정을 담고 있다. 영생에 가까운 삶을 사는 엘프에게 인간의 평생이란 찰나와 같은 시간에 불과하다. 실제로 인간의 삶이라는 건 무한하지도, 영원하지도 않다. 내가 좋아하는 대부분의 작가들은 이미 그 짧은 생을 살고 죽었다.

인간은 다들 나약하고, 인생은 잠시 그 나약한 사람들끼리 서로 기대어 함께하는 일이다. 어린아이 하나를 가운데 두고, 아내와 내가 지지고 볶듯이 하루하루 살아내는 이 나날들이 얼마나 잠시 주어진 일인지를 생각한다. 마치 어린 시절 병아리를 키우던 시간처럼, 잠시 살다 떠난 나의 옛 강아지의 삶처럼, 레고를 좋아하거나 지브리 애니메이션을 좋아했던 시절처럼, 우리의 인생도 금세 지나간다.

아내와 나는 종종 우리가 '삼위일체'나 다름없다고 이야기한다. 아이 맡기고 어디 둘이서 가서 속 시원하게 놀 수 있는 시간이란, 거의 존재하지 않는다. 우리는 어딜 가나 셋이 함께이고, 그야말로 삼위일체처럼 전국을 굴러다니고, 매 저녁, 매 주말을 함께한다. 우리처럼 살지 않는 사람들은 나의 입장이랄 걸 좀처럼 이해하지 못하는 것처럼도 보인다. 혹은 불행할 거라고도 생각하는 것 같다. 그런데 나에게는 이것이 소중하다. 왜냐하면 셋이 꼭 붙어 자고, 같이 밥 먹고, 함께 아침에 일어나고, 주말이면 어디든 같이 떠나는 이런 날도, 100년을 사는 인생에 10년이나 주어질까 말까 할 정도로 찰나의 시간이기 때문이다.

나는 아마 그리 오래 살지 못할 것이다. 어쩌면 인간의 인지 능력의 한계 때문에 많은 기억들을 잃고, 벌써 이렇게 늙어버렸나, 잠깐 산 것 같은데, 하는 날이 올지 모른다. 우리는 시간 앞에서 무력하게, 가엾게 죽어가는 존재들이고, 살아 있는 동안 잠시 사랑하는 것뿐이다. 미워하거나 저주하고 불행을 양식 삼아 하루하루를 살기엔 인생은 너무 짧다. 우리의 시절은 더욱 짧다. 그러니 불행하다면, 행복할 체력을 기르고 더욱 서로에게 기대고 저주를 이겨낼 힘을 내야만 한다. 저기, 이제 지구를 멸망시킬 운석이 떨어질 날이 겨우 이틀 남짓 남았다. 그러면 우리는 공포에 떨기보다 이 밤을 최고로 사랑할 것이다.

우리는
아마 잘 살 것이다

　　합리적인 생각이라 볼 수는 없지만, 나는 아내와 내가 잘 살아갈 것이라 믿고 있다. 믿음에 꼭 이유가 필요한 건 아니지만, 나는 나만의 이유를 갖고 있기도 하다. 그것은 우리가 결혼 초기에 그야말로 아무것도 없이 시작해서 많이 고생했고, 깊이 마음 아픈 시절을 보냈다는 점이다. 그 어려운 시절을 함께 어떻게든 서로를 붙잡고 이겨냈기에 우리 사이에는 단단한 무언가 만들어졌을 거라 막연히 믿고 있다.

　　물론 누군가는 우리보다 더 고생하기도

했고, 또 어떤 사람의 고생 앞에서 우리의 고생은 명함도 내밀기 어려울지 모른다. 그러나 수험 생활과 함께 시작되었던 신혼과 육아의 시절, 아이를 씻기면서도 이어폰을 들으며 공부를 하고, 이유식이 끓는 시간 동안 칼럼을 써서 학비를 벌고, 한 해는 서로 타지에서 떨어져 지내며 각자 반 년씩 아이를 돌보며, 온갖 집안 문제까지 쓰나미처럼 왔던 그 시절은, 아마 다시 살라고 하면 살아낼 자신이 없을 만큼 내게는 절실히 견뎌낸 시절이었다.

그 시절을 생각하면 가장 먼저 떠오르는 건 비 오는 소리 가득하던 밤이다. 아내는 주말마다 서울에서 비행기를 타고 아이를 보러 왔다. 나는 차를 몰고 아내를 공항에 태워주고, 차 뒷좌석에서 잠든 아이를 싣고 돌아오며, 내가 녹음한 암기 노트를 듣곤 했다. 그러고 집에 돌아오면 아이가 깨지 않도록 늘 비 오는 소리를 틀어두고 새벽까지 남은 공부를 했다. 공부를 하다 아이가 깨면 먹이고, 재우고, 다시 공부하고, 그런 밤들이 이어졌다.

그래도 우리는 잘 사랑했다. 당연히 우울이나 힘겨움을 호소하기도 하고, 심하게 싸울 때도 있었다. 그래도 또 같이 산책하며 웃고, 깨알 같은 시간을 쪼개어 나들이를 떠날 때면, 세상에서 가장 행복한 사람들인 양 굴었다.

그 시절은 인생에서 시간이 가장 잘게 쪼개어져 있던 때이기도 했다. 매일이 거의 10분 단위로 쪼개어져 있었다. 그만큼 10분, 10분이 소중했다. 같이 침대에서 뒹구는 10분, 같이 씻는 10분, 같이 먹는 10분, 같이 산책 가는 10분. 내 인생에서 10분이 그때보다 소중한 때는 없었다. 종일 공부를 마치고 저녁에 멀리서 아내가 보일 때면 유모차를 끌며 다가오는 그 실루엣보다 반가운 걸 세상에서 경험한 적이 없다.

그렇게 절실한 시간을 지나왔기 때문에 나는 우리가 잘 살 거라고 믿는다. 믿음이야 원래 이성과는 대척점에 있는 것이고, 그런 믿음이 그다지 합리적인 건 아닐 것이다. 요즘에는 서로 완벽한 조건이 갖추어지지 않으면 육아는커녕 결혼도 하지 않는 시대라고 하지만, 우리는 한없이 불완전한 상황에서 만나, 한없이 불완전한 시절을, 그래도 사랑과 믿음으로 건너온 역사가 있다. 우리가 그 역사를 쉽게 저버릴 것 같진 않다. 또 그와 같은 시절이 와도, 어쩐지 우리라면 잘 이겨낼 수 있을 것 같다.

정말 그럴지는 모르지만, 한편 그랬으면 바란다. 원래 믿음과 희망이라는 것은 그 경계가 모호한 것이므로, 내가 확고한 사실처럼 믿고 싶어하는 마음과 별똥별에 비는 꿈이 같기를 바란다. 우리가 괜찮은 삶을 건너온 할아버지와 할머니가 될 거라고 꿈을 꾼다.

세상에 대한
사랑

　　며칠 전, 잠자리에서 아이에게 책을 읽어주고 이제 자자고 누웠는데, 아이가 갑자기 혼자 훌쩍거리기 시작했다. 깜짝 놀라서 왜 우느냐고 물어봤더니, "죽기 싫어"라면서 울먹거리는 것이었다. 나는 "안 죽어. 걱정하지 마"라고 했는데, 아이는 "꼬부랑 할아버지 되면 죽잖아"라고 했다. 나는 다시, "괜찮아. 의사 선생님이 안 죽게 해줄 거야"라고 했더니, 아이는 다시 "의사 선생님도 꼬부랑 할아버지 될 거잖아"라고 말했다.

　　아이가 계속 훌쩍거리길래, 나는 "왜 안

죽고 싶어?"라고 물어보았다. 아이는 "죽으면 그 동안 세상이 너무 그립잖아" 하고 말했다. 아이는 죽음을 이해하는 모양이었다. 예전에도 아이는 죽음에 대해 이야기했던 적이 있었다. 그때는 엄마 아빠랑 놀지도 못하고, 웃을 수도 없고, 움직일 수도 없는 게 싫다고 했던 터였다. 그러나 그로부터 1년쯤 지난 때, 아이는 조금 다른 방식으로 죽음을 받아들인 듯했다. 그건 세상에 대한 사랑이었다.

겨우 몇 년 남짓 살아낸 아이도 그랬던 걸 보면, 아마 세상에 대한 사랑은 인간의 본능인지도 모르겠다. 우리는 사랑하는 사람들과 이별하고 싶지 않아 하지만, 근본적으로는 세상과의 이별을 가장 아쉬워할지도 모른다. 나는 이 세상에 떨어졌고, 이 세상을 사랑하도록 만들어졌고, 그래서 늘 이 세상을 꿈꾸고 있고, 이 세상을 누리길 바라며, 언제까지고 마음껏 사랑하고 싶다. 만약 내가 이 세상을 사랑하고 있지 못한 것처럼 느껴진다면, 무언가 잘못된 것이다. 이 사랑을 무언가 막거나 방해하고 있는 것이다.

개인적으로 나는 뉴스레터 '세상의 모든 문화'에 '밀착된 마음'이라는 인터뷰 프로젝트를 하고 있다. 그 프로젝트에서 김민섭 작가는 바닷가에서 아이를 키우는 이야기를 하며 자신의 아이가 바다를 닮으면 좋겠다는 말을 했다. 그리고 바다에 가면 그저 바다가 아이를 키워주는 느낌이 든다고 했다. 그 말이 너무도 와닿았는데 바다가, 이 세상이 한 생명을 키운다는 것에 대해 너무 잘 알 것 같았기 때문이었다. 내가 가장 원하는 것도 아이처럼 세상을 사랑하는 것이다. 세상이 나를 키워주고, 세상과 사랑을 나누고, 카뮈의 말마따나 세상과 결혼하는 시간을 살길 바란다.

좋은 삶이란 그렇게 세상을 너무도 사랑해서 세상과의 작별이 아쉬운 삶이 아닐까 싶다. 내가 소유한 것, 내가 이룬 것, 내가 더 갖고 싶은 것이 아쉬운 게 아니라, 그저 이 세상이 아쉬운 마음을 유지하고 지켜내는 것이 아마도 삶의 핵심일 거라는 생각이 든다. 어느 봄날에는 회사 점심시간에 첫 벚꽃을 봤는데 신나서 동료들이랑 사진도 찍었다. 그 주말에는 아이와 그해의 첫 모래놀이를 했다. 죽는 게 아쉬운 건 그런 것들 때문이다.

아이와의 이야기는 그 뒤로 약간 당혹스럽게 흘러갔다. 내가 젊은 의사 선생님도 있을 거라 했더니, "의사 선생님이 나를 로봇으로 만들면 어떡해"라면서 엉엉 울었다. "괜찮아. 로봇도 멋지잖아"라고 했지만, "동물들이 로봇을 다 부숴버리면 어떡해"라면서 계속 울먹거렸다. 그런 식으로 이야기는 이어지다가, 결국 하늘나라에 가면 하느님도, 의사 선생님도 있어서 다 고쳐주고 괜찮을 거라고 마무리되었다. 아내한테 이 이야기를 해주었더니 아내는 아이에게 삶의 슬픔보다 기쁨을 가르쳐주자는 이야기를 했다. 우리를 닮아서 슬픔을 너무 잘 아는 것 같다고, 즐거움을 알려주자고 했다.

"맞아. 아직 슬픔에 너무 몰두할 필요는 없지." 나는 그렇게 말했다.

삶은 언제나
그리운 날들 속에

　한때 평일에는 대개 아내가 아이의 아침을 책임졌기 때문에, 주말에는 내가 일찍 일어났다. 어차피 아이가 일어나서 방을 한참 굴러다니고 나한테도 일어나라고 낑낑대기 때문에 더 잘 수도 없었다. 어느 날은 일찍 일어나기도 했고 아내가 모처럼 늦잠도 자니 브런치나 준비해볼까 싶어 냉장고를 부지런히 뒤져보았다. 소시지랑 햄, 샐러드도 없어서 어떡하나 고민하다가 그래도 있는 것 없는 것 다 꺼냈다.

　그래서 나온 건 토마토 두 개, 버섯 조

금, 냉동 새우, 치즈스틱, 달걀, 식빵 정도였다. 토마토를 얇게 썰어서 살짝 익히고, 버섯과 새우를 후추와 소금에 볶고, 치즈스틱을 튀겼다. 토마토 위에는 치즈를 잘라서 얹히고 식빵을 구워놓으니 나름 브런치 분위기가 났다. 그 와중에 커피콩 그라인더가 작동하지 않아 커피는 내리지 못했는데 오후가 되어 다시 보니 뚜껑을 닫지 않은 탓이었다. 아무튼 열심히 요리하는 동안 아이는 아기 의자에 앉혀놓고 식판과 숟가락을 주었는데 조용히 장난치며 잘 먹었다.

아내는 〈냉장고를 부탁해〉냐고 하면서 나름의 브런치를 잘 먹었다. 밖은 우중충했는데 아내가 동물원을 가자고 하는 바람에 한참 고민하다가 그래, 가보자 하고 나섰다. 그런데 나가자마자 비가 와서 어딜 갈까 헤매다가 대로변 주유소에서 기름이나 넣고, 차를 돌려 동네 백화점에나 놀러갔다. 아이의 책을 처음으로 골라주고(그 이전까지는 물려받은 것밖에 없었다) 점심을 먹었는데, 아이는 신들린 사람처럼 우산을 꼭 쥐고서는 정신없이 백화점

복도를 돌아다녔다. 거의 하루 종일 나와 아내가 번갈아가며 쫓아다녔는데, 아이는 지치지도 않는 듯했다.

　　매 주말이 이벤트인 나날이었다. 집에 있으면 집에 있는 대로, 새로운 요리를 하거나 놀이를 하고, 산책을 한다. 밖에 나서면 나서는 대로, 새로운 일들이 일어난다. 그날 일어난 '최고의 새로운 일'이란 역시 우산에 환장하는 아이였다. 아이는 결국 집 안까지 우산을 들고 왔는데, 우산을 빼앗자마자 대성통곡하다가 어찌저찌하여 겨우 잠이 들었다. 아이는 정말이지 온 힘으로, 온 마음으로 살아간다. 매일 엄청나게 학습하고, 욕망하고, 사랑한다. 산다는 건 그렇게 온 힘으로 세상을 집어삼키듯이 배우는 것이었나 싶다.

　　한번은, 아내와 둘이서 작년부터 지나온 나날들의 사진을 한번 쭉 훑어보았는데 그립지 않은 날들이 없었다. 어째서인지 가끔은 그렇게 좋은 날들을 살지 못하는 것처럼만 생각되는데, 아마 어느 날이든 그 또한 그리운 시절로 남을 거라는 걸 알 듯하다. 미역국을 끓여 먹은 저녁도, 아이와 동네 백화점에 나선 날도, 같이 걸으며 강아지와 까마귀를 구경한 그 나날들도 모두, 참으로 그립게 새겨져 있을 것이다. 삶이란 언제나 그리운 날들 속에 있는 것이다.

망각과 상실에
맞설 수 있다면

　　오랜만에 아내의 생일 기념으로 강화도에 갔다. 아내와 나의 첫 여행도 강화도였다. 우리가 함께했던 첫 겨울, 북극 바다처럼 온통 눈으로 뒤덮인 강화도의 기억은 지금도 생생하다. 사실, 그 여행에서는 꽤 재밌는 일들이 있었다. 하나는, 8시 뉴스에서 얼어버린 바다를 취재하는데 마침 우리가 있어서 인터뷰까지 했고, 전 국민에게 우리의 연애를 알려버렸던 것이다. 이 '영원한 기록'에 대해 양가 가족들까지 다들 깔깔대며 재밌어 했다.

　　그 여행에서, 나는 약간 재미난 생각이

나서, 들판에 있던 갈대와 꽃들을 엮어, 차에 있던 신문지로 감싸고, 종이백의 손잡이를 뜯어서 꽃다발을 묶어 아내에게 선물로 주었다. 아내가 '아직은' 내가 세상에서 가장 로맨틱한 남자라고 믿고 있던 시절의 일이었다. 이번에는 아이랑 갯벌에서 놀다가 소라 껍데기 하나를 주웠다. 그리고 클로버 꽃들과 소라를 엮어서 '소라 꽃' 목걸이를 만들어 아내에게 생일 선물로 주게 했다. 강화도에 오면 낭만이 조금은 다시 기억나나 보다.

　　　　원래 여행이라고 하면, 우리의 일정은 항상 '아이가 놀 만한 곳'에 우선적으로 맞춰진다. 이번에도 거의 본능적으로 아이가 좋아할 법한 먹이 주기 체험 같은 걸 찾고 있는 나를 발견했다. 그러나 왠지 이번만큼은 아내 생일이니, 아내를 위한, 아이가 아닌 우리 위주의 코스를 짜봐야겠다는 생각이 들었다. 연인 시절에 다녔을 법한, 식당, 카페, 소품숍 같은 곳들을 거쳤고, 예약한 꽃다발과 주문한 케이크를 가는 길에 척척 수령했다. 아내는 "당신이 마음만 먹으면 이렇게 계획을 잘 짜는 사람이었다니" 했다. 사실, 요즘에는 별 계획 없이 그냥 되는대로 떠나는 나들이가 많았으니 말이다.

아무튼, 그래도 아이를 들러리로만 세울 수는 없으니 어김없이 이번에도 아이랑은 갯벌에 뛰어 들어 게도 몇 마리 잡았다. 만조가 다가올 때는 무섭도록 바다가 차올랐는데, 아이에게 "우리가 게 잡아서 '포뇨' 아빠가 화가 났나 보다" 하고 부리나케 도망쳤다. 아내와 나는 틈만 나면, 이 시절이 그리울 거라 이야기한다. 어딘가 거짓말처럼 나타나 어디를 가든 우리 곁에 붙어 따라오는 이 작은 도깨비 같은 존재가 곁에 있는 이 시절이 끝나고 나면, 어쩐지 이렇게 좋은 곳을 와도 허전하고 쓸쓸할 것만 같다고 이야기한다.

그런 생각이 든다. 우리의 낭만은 셋이 함께하는 삶이라고 말이다. 많은 영화나 작품들이 낭만은 마치 청춘 시절의 연인이나 불륜하는 사람들에게나 있는 것처럼 그리곤 한다. 그러나 나는 삶에서 가장 낭만적인 순간은, 곁에 아이가 있는 순간처럼 느껴진다. 그 이유는 연인 간의 사랑보다도, 아이가 있는 시절의 사랑이 더 필연적인 상실을 전제하고 있기 때문이다. 둘은 언제나 둘이겠지만, 셋은 시한부 선고를 받은 삶처럼 한시적이다. 우리는 지금 이 시절을 기억도 하지 못할 아이와 함께하고 있다. 망각과 상실과 어려움에 맞서 그저 하염없이 사랑하기로 매일 택하고 있다. 그래서 낭만적이다.

아내를 위한 하루, 아내는 내가 준비한 모든 것들이 좋았고 행복했다고 이야기했다. 문득, 내 연애의 추동력이랄 것이 생각났다. 그것은 상대가 나로 인해 기뻐하는 마음이었다. 사랑은 상대를 기쁘게 해줌으로써 얻는 기쁨과 아주 깊은 관련이 있었다. 그 마음을 많은 순간에 잊지 말아야겠다고 생각한다. 많은 순간에 그 마음을 지켜내야지, 생각해본다.

다른 건
아무래도 좋아

　　사랑하니까 충분해, 내일 같은 건 아무
래도 좋아, 라는 감각은 삶에서 참 소중하고 드물
게 주어진다. 인생의 어느 시점을 넘어가게 되면,
지금 사랑하니까 다른 건 아무래도 좋아, 라는 건
점점 불가능해진다. 오히려 사랑 따위 밥 먹여주
나, 사랑이 무슨 의미가 있어, 사랑은 언제나 여타
조건들의 부수적인 서비스나 효과 같은 것에 불과
해, 라는 게 흔히 어른들이 갖게 되는 일반적 정서
에 가까울 것이다. 그러나 어느 시절에는, 지금 마
음 안에 넘쳐나는 사랑이 너무나 확실해서, 이 우

주에서 유일하게 사랑만이 확실하게 느껴져서, 다른 건 아무래도 좋다고 생각하는 때가 있다.

개인적으로 나는 연애 결혼이 꽤나 의미 있다고 믿는 편인데, 서로의 조건을 하나하나 일일이 따지기 전에 비교적 순수하게 사랑하던 시절이라는 기억이 둘 사이에 존재하기 때문이다. 물론 세상에 완전하게 순수한 사랑 같은 건 없고, 결국 연애나 사랑이라는 것도 다양한 시대적 조건의 영향을 받기 마련이다. 그럼에도 당신을 너무 사랑하니까, 그래서 함께 있는 이 순간이 너무 좋으니까 당장 내일 같은 건 아무래도 좋아, 지금 이 순간, 이 밤, 이 우주 속에 내가 당신을 사랑하고 있다는 것보다 확실한 건 없어, 라고 느꼈던 그 어느 시절의 이야기가 결국 평생을 지탱하는 작은 버팀목이 되는 때도 있기 마련이라 생각한다.

그런 마음은 아이가 태어나고 나서도 종종 느꼈다. 육아에 시간을 쓸 때, 다른 중요한 일들 대신 아이와 보내는 시간을 선택한 순간에, 나는 속으로 생각하곤 했다. 이 순간 내가 아이를 깔깔

웃게 해주고, 아이와 함께 놀이터에 가고, 아이와 물놀이를 하고 있어서 다른 중요한 일을 못 하고 있지만, 그 때문에 평생 후회하지 않을 거라고 생각하고 믿었다. 다른 건 아무래도 좋아, 이 순간 내가 이 아이를 참으로 사랑하고 있고, 아이는 행복해서 웃고 있으니까, 다른 건 아무래도 좋아, 라고 생각한 순간들이 있었다. 그리고 한 해를 돌아보면 그런 순간들보다 소중한 순간은 찾기 어렵다.

세상에는 만나서 이야기를 나누면, 대략 그런 '다른 중요한 것들은 아무래도 좋은' 순간에 대해 이야기하는 사람이 있고, 그 '다른 중요한 것'에 대해 이야기하는 사람이 있다. 내가 아는 어떤 사람은 늘 자신이 사랑한 순간들에 대해 이야기를 들려준다. 그리고 다른 어떤 사람은 그런 이야기를 전혀 하지 않는다. 대신 돈 이야기나 일 이야기만 하는 경우도 있다. 그저 내 입장에서는 그중에서 더 삶의 소중한 부분을 잃지 않은 사람, 그래서 아마도 더 행복에 가까이 있는 사람, 그렇기에 더 닮고 싶은 사람이 있을 뿐이다. 저마다 의미 있는 삶을 살아가고 있겠으나, 그저 세상에는 왠지 닮고 싶거나 부러운 사람들이 있기 마련이다. 내게 그런 사람들은 어느 소중한 시절의 마음 같은 것을 잃지 않은 것처럼 느껴지는 사람들이다.

인생 살아간다는 게 결국 다 비슷하기 마련이고, 나중에 다른 것은 어느 동네의 몇 평 아파트에 사느냐, 어떤 차를 타고 어떤 가방을 메느냐 같은 차이 밖에 남지 않는다고 느껴질 때가 있다. 확실히 그런 것들은 눈에 잘 띄고, 비교하기도 좋고, 어떤 삶이 더 우월하고 열등한지 손쉽게 계산하기 좋은 지표들이다. 그러나 나는 사람들 사이에 조금 다른 삶의 본질적인 차이 같은 것들도 있기 마련이라고 느낀다. 그 차이는 그렇게 쉽게 눈에 띄지 않을 수 있고, 그래서 이마에 써 붙이거나 전광판에 매달아 광고할 수 없는 종류의 것일지라도, 삶에는 어떤 질적인 차이들이 있기 마련이라고 때로는 확신한다. 누군가는 확실히 더 좋은 삶을 사는데 실제로 그 사실을 아는 사람은 아무도 없을지도 모른다. 아무도 알아줄 필요도 없고 말이다.

사랑의
호소

    아내는 종종 내게 달려와 이렇게 외친다. "나 요즘 애정결핍이야!" 그러면 나로서는 조금 미안하고 다정해질 수밖에 없다. "미안해. 요즘 사는 게 이렇네." 종일 밖에 있다 돌아오면, 당연히 아내와 단 둘이 보낼 수 있는 시간은 잘 주어지지 않는다. 아이랑 놀아주고, 아이와 우리의 밥을 챙기고, 아이를 씻기고 나도 씻고, 밀린 집안일도 조금 하다 보면 밤 9시쯤은 금방 되어버린다. 겨우 아이를 재우고 나면 10시에서 11시 정도인데, 그때가 되면 우리는 둘 다 녹초가 되어 있다. 그때마저도 나는 또 다음 날을 위해 새벽까지 부지런히 할 일을 해야 한다. 그런 나날들이 반복된다.

그런데 그런 아내가 투정 부리듯이 하는 말은 어딘지 우리 관계를 지켜주는 신호처럼 느껴지기도 한다. 우리는 아직 서로의 사랑을 원하고 있다는 말, 사랑해주었으면 좋겠고 달콤하면 좋겠다는 말을 들으면 어딘지 정신을 바짝 잘 차려야겠다는 생각이 든다. 사랑이 여기 있지, 도망가지 않게 잘 다뤄야지, 사랑한다는 걸 늘 확인해야지, 그런 말들을 자아내는 마음의 어떤 부분이 울렁거린다.

사랑에는 늘 어떤 호소가 있기 마련이다. 호소가 없으면 사랑도 없다고 할 만하다. 같이 있고 싶어, 당신과 이야기하고 싶어, 함께 떠나고 놀고 싶어, 당신이 이해하고 알아주었으면 좋겠어, 하는 마음이 늘 사랑에 따라다닌다. 그래서 사랑은 재잘대는 새소리처럼 소란스럽고 달콤하다. 사랑은 그런 재잘거림의 상호작용, 주고받음이고, 그런 목소리들이 다가와 내 몸에 주사 놓고, 내 혈액의 일부가 되어가는 과정일 것이다.

반대로 사랑이 사라지는 과정은 그런 호소들이 사그라드는 과정과 맞물릴 것이다. 계속 서로를 요구하는 말들이 닿지 못하고, 메아리처럼 허공만을 울려대고, 되돌아오기만 할 때, 사랑은 점점 흩어진다. 많은 사람들이 이별 후에 공통적으로 떠올리는 상대의 모습이 있다면, 나에게 무언가를 바라던 모습일 것이다. 그때 당신이 호소할 때 그 목소리에 더 귀를 기울일걸, 그것이 사랑이었다는 걸 알았어야 했는데, 하는 말들은 이별에 대한 가장 보편적인 노래 가사라고도 할 법하다. 그러나 대개 그때는 이미 늦은 경우가 많다. 사랑이 더 이상 재잘거림을 잊어버린 때인 것이다.

어제는 꿈에서 아내랑 둘이 어떤 골목을 걸었다. 늘 그렇듯이 우리는 둘이서 어디든지 걸으며 행복을 누리는 방법을 알고 있었다. 거리의 상점들을 구경하고, 수다를 떨고, 웃고, 즐겁게 장난을 칠 줄 알았다. 그런 방법들은 본능처럼 자연스러운 것이어서 따로 노력을 들인다든지, 억지로 애쓴다든지, 별도의 계획이나 기술이 필요한 것도 아니었다. 그저 둘만 있으면 되었다. 새들이 재잘거리듯 자연스럽게 사랑도 재잘거리면 되는 일이었다. 혼자 차를 몰고 가야 할 곳으로 가는데 어제의 꿈이 슬며시 눈앞의 도로 위로 지나갔다.

태풍이 지나고 나면 셋이서 동물원을 가기로 했다. 둘이서 영화 한 편도 볼 수 있으면 좋겠다고 이야기했다. 그러려면 아무래도 스스로를 다독여서 시간을 더 잘 써야만 한다. 중요하지 않은 시간들은 자꾸 더 줄여나가고, 때려잡고, 납작한 철판처럼 만들어 차곡차곡 쌓아 한데 묶어 분리수거 날 모두 갖다 버려야 한다. 시간을 잘 써야만 한다. 정말이지 있어야 하는 건 시간뿐이다.

서로의 웃음을
지켜주기 위해

    아내와 아이랑 함께하는 사실상 첫 해외 여행을 왔다. 사실, 여행을 떠나오기 며칠 전까지만 해도, 나는 여행을 떠난다는 마음을 잘 먹지 못했다. 그 전에 처리해야 할 일들도 많았고, 온갖 현실적인 고민과 걱정들로 머리가 지끈거리고 있었기 때문이다. 전날까지도 과연 내일 떠나는 게 맞기나 한 것인지 의문스러울 정도였다. 더군다나 내가 거의 가본 적 없는 동남아 여행이었으니, 실감이랄 게 잘 나지 않았다.

    아내의 말대로라면, 나는 늘 여행 떠나

기 전에는 아팠다고 한다. 여행 떠나는 날 아침에 토를 하거나, 속이 안 좋고, 무언가 위기 상황에 내몰린 것 같았다고 했다. 생각해보니 그랬고, 이번에도 비슷했다. 떠나기 전날 속은 뒤집어졌고, 공항에서도 이상하게 목까지 쉬어버려 목소리도 잘 나오지 않았다. 그랬던 것이, 늦은 밤 방콕에 도착하자마자 씻은 듯 다 나아진 것이다.

방콕은 빈틈이 없는 도시 같았다. 강은 배들이 정신 없이 가득 메우고 있고, 골목골목마다 오토바이와 사람, 노점상과 택시들이 가득 활기차다. 부모의 뜻에 맞춰 이 낯선 도시로의 여정에 따라나서준 아이가 고맙다. 생수병 하나와 한 번씩 집어 먹는 망고로 하루에 1만 보씩 걷는 일정에 협조해주는 걸 보니 어딘지 뿌듯하기도 하고 짠하기도 하다. 우리의 이 작은 꼬마를 데리고 동네 팥빙수 가게에 가던 게 최대의 모험이던 시절이 있었는데, 이렇게 낯선 나라까지 나섰다니 격세지감을 느낀다.

어느새 택시에서 까무룩 잠든 아이를 품

에 안고, 해 지는 낯선 도시를 바라보다가, 문득 가족이란 서로의 웃음을 지켜주는 존재들이 아닌가 하는 생각이 들었다. 가족은 서로의 웃음을 지켜주기로 계약을 맺은 관계이지 않을까. 오늘 하루, 아이가 웃는 순간들을 발굴하기 위하여 먼 이국 땅의 사파리를 찾았다. 아이는 오랑우탄이니, 하마니, 호랑이를 보면서 웃었다. 나는 그렇게 웃는 아이를 바라보며 또 그만큼 웃는다.

좋았던 순간들은 다 서로가 웃었을 때다. 기린 먹이를 주다가 기린이 흘린 침에 머리가 젖고, 오랑우탄이랑 사진 찍다가 오랑우탄한테 뽀뽀당하고, 수영장에서 수영 시합을 하겠다며 열심히 개헤엄을 치거나, 카드놀이를 하면서 반칙을 하다 걸려서 깔깔거릴 때, 나는 그 순간들을 영원히 기억하는 느낌이 든다. 그에 비하면, 인상 찌푸렸던 순간들은 거의 기억도 잘 나지 않는다. 가족이란, 서로의 웃음을 지켜줄 때까지 유효한 계약으로 남아 있다.

손주 사진이나 동영상을 부모님께 보내

는 것도, 그저 부모님이 하루 중 잠시라도 더 웃었으면 하는 바람에서다. 종종 맛있는 걸 먹을 때면, 부모님 생각이 나는데, 언젠가 부모님을 모시고 와서 웃는 모습을 보고 싶기 때문인지도 모르겠다. 부모님과 여동생과 아내 친정과 할아버지, 할머니께 드릴 선물까지 고르는 건, 역시 그저 이들과 작은 웃음으로 이어져 있다는 걸 확인하고 싶어서인 듯하다. 웃음이 무엇이길래 그토록 그것이 중요한 걸까, 조금 신기하기도 하다.

　　　모르면 몰라도, 서로 진심으로 웃을 수 있는 사람이라면, 그리고 그런 웃음을 서로 너무도 지켜주고 싶은 마음이 든다면, 그 존재들도 서로에게 가족과 다름 없을 것이다. 선물을 고르면서 떠올리는 사람이나, 어디든 함께 가고 싶다거나, 진심으로 웃는 모습을 기어코 사진으로 남기고 싶은 사람이 있다면, 그들은 서로의 가족이나 마찬가지일 거라는 생각도 든다. 우리는 웃고 싶어서 살아가고, 누군가의 웃음을 지켜주기 위해 삶을 견뎌내는 것 같다.

나 혼자 TV 보며 박장대소하는 것에서 최고의 행복을 느끼는 사람도 있겠지만, 나는 내 삶이 그 누군가의 웃음을 지켜주고자 한 번밖에 없는 하루도, 시간도 온전히 건네줄 때, 더 하루다운 하루를 살았다는 느낌이 든다. 아이를 조금 더 웃게 해준들, 하루 몇 번의 미소를 더 지켜준들, 아이가 그렇게 대단한 존재로 자랄 리도 없고, 나중에 커서 더 효도할 리도 없다. 그저 내게는 부질없을지도 모를 그런 의무가 존재한다는 것이, 삶을 살고 있다는 느낌을 준다.

삶의 다른 그 무엇도, 사랑하는 이의 웃음을 지켜주는 일의 가치에 비할 바가 되지 못한다. 그것을 기억한다면, 삶의 가장 중요한 중심을 잃지 않고 살아낼 수 있을 것 같다. 무엇이 중요한가. 그건 사랑하는 이의 웃음이다. 거기에 삶의 기준이 있다.

내게 어울리는
삶의 구조

언젠가 나보다 10년은 더 선배인 한 변호사가 해주었던 이야기가 생각난다. "일 너무 열심히 하지 마세요. 적당히 하고, 가족이랑 여행 많이 다니세요." 나는 여행이 그렇게 좋은 거냐고 물었다. "지나고 나면 기억나는 건 여행뿐이더라고요. 기억하려고 여행가는 거예요." 그는 내가 가던 길을 앞서 10년은 먼저 간 사람이었다. 나는 언제나 그런 사람들에게 무언가를 배우는 걸 좋아한다.

몇 년 전을 떠올려보면, 그때도 1년에 365일이 있었다는 게 잘 믿기지 않는다. 1년 중에 생각나는 날들이 많아봐야 며칠 정도기 때문이다. 물론 사진첩을 뒤지다 보면 애써 기억은 나지만, 대체로 어느 시절의 기억은 몇몇 순간들에 머물러 있다. 그런데 신기하게도, 정말 여행의 기억만큼은 생생해서 잘 잊히지 않는다. 반복되는 나날들 속에서, 이례적인 것으로 아로새겨지는 건 사실인 듯하다.

사실상 셋이서 떠난 첫 해외여행도 막바지가 되니, 이 여행도 오랜 추억이 될 거라는 걸 벌써 느끼기도 했다. 여행이 끝나고 나면 남는 건 엄청나게 유명한 관광지라든지, 가이드북의 첫 장에 있는 쇼핑센터라든지, 값비싼 기념품 같은 건 아닌 듯하다. 그보다는, 여행 중 아주 우연히 만난 동물한 마리라든지, 누군가에게 얻은 호의, 예상치 못하게 고생했던 우리들이나 유난히 자유로운 마음으로 웃었던 어느 길거리 같은 게 생각난다.

특히 아이랑 여행이 시작된 뒤로는, 아이가 수영하며 웃는 장면들이 그렇게 기억에 남는다. 평소에는 아이랑 수영할 일이 잘 없고, 여행을 가서야 수영하며 너무도 신나게 웃는 모습을 보게 되어서 그런 것 같다. 이번 여행의 마지막 날에도 아이랑 둘이서 한참을 수영하며 놀았다. 온 힘을 다해, 그야말로 어린 시절 이후 최고의 열정으로 수영 시합을 하고, 비치볼 시합을 했다. 구명조끼에 매달려 수영장 바닥에 닿지도 않는 발을 열심히 휘저으며 웃는 그 모습은 몇 년째 변하지 않았다. 아내와 내가 너무도 사랑하는 아이의 모습이다.

그 선배 변호사는, 사실 상당한 '스펙'과 자기 분야의 전문성을 자랑하는 분이었는데 어느 날 죽을 뻔한 큰 사고를 당한 뒤로 삶에 대한 생각이 많이 바뀌었다고 했다. 그 뒤로는 '더 높은 곳'을 바라보며 워커홀릭으로 살기보다는, 가족에게 사랑을 쏟기로 하는, 거의 흔들림 없는 기준이 생긴 것처럼 보였다. 나는 그와 비슷한 마음으로 살아가는 몇 명의 다른 사람들도 알고 있다. 그들은 내가 그 삶에 관해 감히 뭐라고 할 수 없는, 자기만의 가치를 가지고 삶을 거의 완성한 사람들처럼 보인다.

자기에게 무엇이 가장 소중하고, 자기가 무엇에 가장 집중해야 하는지 너무도 정확하게 스스로 알고 있는 사람들.

세상 행복이라는 것은 그 종류도 맛도 천차만별이니, 무엇이 다른 무엇보다 객관적으로 우월하거나 행복 점수가 더 높다는 식으로 줄 세우기는 어려울 것이다. 다만, 세상에는 더 화려한 행복이라 말해지는 것들이 있는데, 개인적으로 느끼는 화려함과 행복이 비례하지는 않았다. 오히려 행복의 결은 저마다 다른 것이어서, 그 관계마다 고유한 방식을 찾아내면 되는 듯하다. 그리고 그 고유성에 온전히 몰입할 때, 삶의 정수라는 걸 만나지 않나 싶다.

나는 최선을 다해 나만의, 우리만의 진짜 행복에 대해 이야기하는 데 매우 관심이 있다. 이런 이야기는 타자의 기준, 타자의 행복, 타자의 욕망과 싸우는 최선의 무기라 느낀다. 온 세상이 값비쌈과 화려함을 가장 부러워하는 시대이지만, 나는 돈으로 환원할 수 없는 시간들에 더 근본적인 행복이 있다고 믿는다. 독서, 글쓰기, 가족과 보내는 시간, 물에 뛰어드는 용기에는 근본적으로 큰 돈은 필요 없다. 다만, 멀리 떠나려면 여행 적금 정도는 들어야겠지만 말이다.

나는 아직도 삶의 구조를 만들어가고 있다. 살아오면서 내가 진정으로 얻고 싶었던 것은 엄청난 부나 명예도 아니고, 인기나 권력도 아니다. 내가 가장 갈망했던 것은 삶의 구조였다. 내가 이 삶을 충분히 사랑할 수 있는 삶의 구조, 소중한 것을 지켜내고 자유를 잃지 않는 삶의 구조, 내가 원하는 시간들을 지니면서도 스스로를 해치지 않는 삶의 구조, 성장을 잃지 않으면서 과거를 버리지 않아도 되는 삶의 구조. 이 갈망은 우리 시대 주류의 욕망과는 거의 상관 없지만, 내게는 가장 중요한 문제로 남아 있다. 나는 내게 가장 어울리는 삶의 구조를 원한다.

아이와
둘이서 바다를

　　아이와 둘이서 바다 여행을 다녀왔다. 아내는 몸이 안 좋아 집에 있고, 나는 이 좋은 날씨에 집에만 있는 건 죄짓는 것만 같아 아이를 차에 태우고 무작정 달렸다. 아이와 단둘이 바다를 보러 가는 건 거의 1년 만인 것 같았다. 그 사이 아이도 많이 컸고 나도 더 어른이 된 것처럼 느꼈다. 차를 몰고 아이와 단둘이 바다에 가는 게 당연해졌다는 게 새삼스럽게 느껴졌다.

　　예전에는 아이의 자리에 내가 타 있었고 30대의 어머니가 운전석에 앉아 바다로 향하고 있었다. 나는 그런 생각을 하면 어딘지 슬프게 느껴진다. 젊은 어머니와 어린 나, 그 조합이라는 건 이제 이 세상에 없는 조합이다. 내 머릿속에만 간신히 남아 있을 뿐이다. 어머니는 햇살이 드는 운전석에 앉아 한 팔은 차문에 올린 채, 한 손으로 운전을 하며 앞을 바라보고 있다. 이 세상에 없는 햇빛 안에서, 이 세상에 없는 모습으로 그렇게 내게 남아 있다.

가는 길에 아이는 금방 곯아 떨어졌고, 나는 한참 동안 음악을 들었다. 1시간 이상을 달렸다. 사실 그렇게 둘이서 떠나는 일에는 약간 용기가 필요했다. 별일 아닌 것 같아도 아내 없이 둘이서, 간 적 없는 바다로 간다는 건 어딘지 살짝 불안하다. 거의 이유 없는 불안, 두려움, 걱정 같은 게 내 앞을 가로막는 느낌이다. 나는 그런 이유 없는 감정들이 나를 가로막는 것 같을 때야말로 용기와 의지가 필요할 때라고 느낀다. "까짓것, 가보자! 바다 보고 오자!"

한참을 달려 바다에 도착했지만 내가 원

했던 분위기는 아니었다. 해변을 따라 빈틈없이 차 있는 식당들이 너무 시끌벅적해 보였고, 한적함이나 고요함과는 너무 거리가 멀어 보였다. 그런 분위기가 한 순간 너무 싫었지만 여기까지 온 책임을 다하자는 생각으로 계속 해변 끝까지 들어갔다. 그랬더니 식당들도 없고 내가 좋아하는 다소 한적한 해변이 나왔다. 간신히 주차하고서 아이를 깨워 바다로 나섰다.

바다는 왜 그렇게 좋은 걸까. 나에게는 아직도 조금 미스터리하게 느껴진다. 그냥 바다만 보면 괜찮아진다. 파도 소리를 들으면서 반짝이는 푸른 수평선과 하늘을 보면 마음이 깨끗해진다. 이대로 눈앞에 놓인 바다와 파도와 아이만이 삶에 있고, 나머지는 없어진 듯하고, 그래서 그냥 이대로 여기 머물고 싶어진다. 잠시 현실을 잊고, 아이랑 열심히 모래를 파고, 바다에 발을 담그고, 온통 젖어버리고, 파도에 도망치고, 그렇게 시간을 보냈다.

아이가 좋아하는 편의점에 들르는 건 일

종의 의례에 가깝다. 그러고는 생수병 하나를 다 써서 아이를 씻기고, 옷을 갈아 입히고, 차에 태웠다. 둘이서 차 타고 오면서 과자 한 봉지를 금방 다 비웠다. 돌아와서는 길에 있는 트럭에서 해바라기 한 묶음을 5000원에 샀다. 아이한테 들려주며, 엄마한테 "선물이야"라고 외치라고 했다. 그렇게 셋이서 만나 집 앞 식당에서 고기를 구워 먹었다. 아이는 정신없이 저녁을 먹었다. 슈퍼에서 아이스크림도 샀다.

그렇게 하루가 다 저물었다. 아이가 잠든 밤, 침대에 누워 아내랑 가볍게 이야기를 나누었다. 인생이란, 그냥 꿈 같아. 어려웠던 시절, 부산에서 아이 낳고 키우며 힘들고 우울했던 날들, 그러면서도 그 가운데의 작은 순간들에서 너무나 큰 행복을 느꼈던 일들, 그런 것들을 이야기했다. 그런데 이제와 돌아보니 그냥 다 너무 꿈 같다고 말이다. 꿈이 맞다. 우리 둘의 뇌 속에만 간신히 남아서 우리 둘만이 상상으로 간신히 볼 수 있는 꿈이다. 점점 흐려지고 사라질 꿈의 조각이다. 삶이라

는 게 매일 꿈꾸는 일 같다. 오늘은 아이와 둘이서
바다 여행을 다녀온 꿈을 꾸었다.

조금 더
사랑하다 떠날 것

종종 삶에 대한 슬픔을 떨쳐내기 어려울 때가 있다. 눈앞에 있는 이 풍경도 일시적인 것이고, 삶이란 한편으로는 모든 걸 잃어가는 여정이라는 진실을 부인하기 어렵기 때문이다. 내가 아름답다고 느끼는 이 풍경을 누리는 것도 한시적인 일이고, 나아가 이 세상이 존재하는 것도 일시적인 일이다. 이를테면 내가 저 바닷가 언덕에 늘어선 붉은 지붕들을 사랑한다고 한들, 언젠가 모두 허물어질 것이고, 그 전에 내가 먼저 세상을 떠날 것이다.

그러다 보면 인간뿐만 아니라 이 세상

자체에 대한 묘한 연민이랄 것까지 느끼게 된다. 아이에 대해서도 묘한 연민을 느끼는데, 아이에게도 무한한 희망만을 이야기할 수는 없을 것 같아서다. 이 세상은 끝이 있고, 우리 삶도 끝이 있다. 살아 있는 동안, 멀리까지 가볼 수는 있겠지만, 언젠가는 삶의 끝, 세상의 끝을 알게 될 날이 올 것이다. 삶에는 희망과 행복이 끝없이 이어지는 게 아니라 결국 한계, 끝남, 이별, 슬픔을 받아들여야 하는 지점이 있다.

　　도돌이표 같은 현실을 살아가며 내 삶에는 얼마나 더 거창한 희망이 남았을까 생각한다. 얼마나 더 근사한 곳에서, 얼마나 더 근사한 자유와 기쁨을 누리며, 얼마나 더 근사한 먹거리들과 쾌락과 향락을 누릴까? 그런 것이 저 수평선 너머에서 손짓하고, 나는 그곳으로 가게 될까? 그렇지 않을 것 같다는 확신 같은 게 드는 것이다. 그보다 나는 내가 있는 지금 여기에서 이미 삶의 정수랄 것을 누리고 있다. 그건 최고의 화려함이 아니라, 지나가버릴 이 순간에 대한 사랑과 연민으로 버티고 있는 어떤 햇빛 쐬기 같은 것이다.

고즈넉하게 흐르는 바다 앞에서 아이랑 그림책을 만들고, 셋이서 걷고, 또 조용한 공간에서 숨바꼭질을 하며 놀고 있으면, 여기가 세상의 끝, 삶의 끝이구나, 하고 느끼게 된다. 세상의 끝은 개츠비가 꿈꾸는 것 같은 저 바다 너머의 초록 불빛이 있는 곳이 아니다. 세상의 끝은 여기 이곳인 것이다. 나에게는 더 이상 그리 갈 만한 곳이 없다. 모두가 가고 싶어 안달 난 강남 아파트? 스위스의 알프스? 뉴욕의 팬트하우스? 그런 곳들이 그다지 삶의 끝이 될 수 없다는 건 너무 자명하게 알 것 같은 것이다.

카뮈는《결혼》에서 희망이야말로 인간이 발명해낸 가장 끔찍한 것이라고 이야기한다. 말하자면 여기에서 머물며 사랑할 줄 모르는 인간들이 만들어낸 것이 '저기 너머'라는 희망인 것이다. 나는 때때로 그 의미를 매우 정확하게 알 것 같은 때가 있다. 저기 바다 너머에 보이는 붉은 지붕 집이나 골프 필드는 무언가 '꿈'처럼 반짝일 뿐, 거기엔 아무것도 없을 것이다. 우리는 여기에서 슬프게 사랑하며 머무는 바로 그 느낌으로, 삶의 정점에 서 있고, 그렇게 삶을 끝내는 것이다.

여수 여행에서 우리는 한 섬에 들러 멸종한 동물들이나 멸종위기 동물들의 사진을 찍어 둔 한 사진전에 들렀다. 사실 지구 역사에는 총 다섯 차례의 대멸종이 있었고, 대략 매번 80~96퍼센트 정도의 종들이 멸종했다. 이번 대멸종은 인류가 지나치게 앞당기고 있지만, 멸종은 언젠가 도래할 것이다. 오히려 한 시대를 풍미했던 수많은 아름다운 생명들이 갔던 길을 인류도 언젠가 따라가게 될 것이다. 너무도 아름다워 슬픈 마음마저 드는 이 인간 도시의 풍경들, 그러니까 바다와 마을과 인간이 어우러진 풍경들도 끝날 날이 올 것이다. 여기에는 이론의 여지가 없다. 우리가 죽을 것이 자명한 것처럼 말이다.

우연히 이 지구에서 한 시대에 만나 함께한 생명들, 또 이 짧은 생에 만난 운명의 사람들, 그리고 아직 남아 있는 풍경들을 조금 더 절실하게 사랑하는 것 외에 삶에 다른 정답은 없는 것 같다. 세상의 끝에서, 삶의 끝에서 살고 있는 지금 여기, 나는 조금 더 사랑하고 떠날 것을 다짐한다. 사랑하는 것 외에, 삶에는 다른 도리가 없기 때문이다.

우리 셋의
조각들

셋이서 가을 나들이를 다녀왔다. 산과 바다를 둘러보면서 문득, 나는 매번 새로운 삶으로 들어서는구나, 하고 느꼈다. 아이가 태어난 뒤로 셋이서 떠났던 여행들이 생각났다. 돌이 안 된 아이를 데리고 처음 떠났던 제주도 여행은 두고두고 아련하게 기억이 난다. 아이가 태어나기 전에는 거의 들어가본 적 없는 갯벌이었지만, 아이랑은 벌써 얼마나 갯벌에 뛰어들었는지 모른다. 밀물에 한참 수영을 하다가 썰물에 순식간에 드러난 바닥 위의 바다 생물들을 생생하게 체험하면서 바다와

달의 신비로움 같은 것도 처음으로 실감했다. 아이랑 함께 봤던 동물들은 내가 평생 봤던 동물들보다 많은 것 같다. 그렇게, 나도 새로운 삶을 살고 있구나, 싶었다.

쉴 새 없이 재잘거리는 아이지만, 아이가 있기에 우리의 나들이가 권태롭거나 고요하지만은 않다고 느꼈다. 아내랑 둘이서는 신혼여행을 제외하곤 수영이라는 걸 한 적이 없었다. 그러나 아이가 조금 걷게 된 이후로는 어딜 가든 물이 있으면 같이 뛰어들고 본다. 바닷가를 가면 흥미로운 것이 대개의 연인들은 옷이 물에 젖는 걸 기피하면서 분위기 좋게 해변을 걸어 다니거나 커피를 마시고 있다. 그러나 우리는 일단 파도로 달려가고 본다. 물의 차가움, 시원함, 거침, 그런 것들에 그냥 뛰어든다. 그리고 게든 고동이든 뭔가를 잡는다. 그 실감이 너무 좋다. 진짜 삶을 사는 것 같다.

그러다 보면, 아내랑 둘이서 이야기한다. 우리 둘이 다니는 나들이나 여행이란 무엇일지 이제는 잘 모르겠다는 것이다. 매번 경치 좋은 데

가서 커피나 마시며 앉아서 뭘 했던 걸까, 의아해하기도 한다. 아마 인생 샷 건지기 위해 사진을 열심히 찍거나 맛있는 걸 먹으면서 서로 계속 이야기를 나눴을 것이다. 그런데 어째서인지 우리의 것이기도 했던 그 시절의 이야기라는 것이 약간은 심심하게 생각되기도 하는 것이다. 아이가 있으니 계속 아이를 위한 새로운 경험들을 찾게 되고 무언가 '뛰어듦'을 찾게 되는데, 그것이 곧 우리의 삶이 되고 우리의 경험이 되는 이 방식에 어느덧 너무 적응해버린 셈이다.

이런 삶이 있을 거라고, 이런 삶이 좋을 거라고 상상이나 했었나 싶다. 오히려 언젠가 아내와 둘이서 떠났던 어느 일본 가을 여행에서처럼, 나는 언제까지나 아내를 바라보고, 아내도 나를 바라보는 그런 삶만이 가능할 거라 믿었다. 그러나 이제는 반대로 아이 없는 삶을 상상하기가 어렵다. 셋이 와해된 이후의 삶이라는 걸 가늠하기가 더 쉽지 않은 것이다.

매번의 가을이 지나고 나면 아이는 또

부쩍 자라 있을 것 같다. 몇 번쯤 가을이 지나고 나면, 아이의 '유년기'라는 것도 끝날 때가 될 것이다. 우리도 중년이라는 말이 어색하지 않게 되고, 그렇게 인생도 반쯤 살아낸 셈이 된다. 어차피 다 누구에게나 그렇게 시간은 흐르고, 그때 그 시절을 살아낼 뿐이다. 둘의 것이었던 바다, 아이의 것이었던 바다, 우리 셋의 것이었던 바다도, 산도, 가을도 그렇게 흘러가게 된다는 걸 아주 명료하게 느낀다.

무지개의
끝으로

　　　　　지하철을 타고 집으로 돌아오는데, 차창
밖의 풍경이 너무나 아름다워 넋을 놓고 잠시 바라
보았다. 소나기가 막 지나가는 중의 노을은 아마도
세상에서 가장 아름다운 풍경이 아닐까 싶다. 나는
태양의 황금빛이 가장 아름다울 때는 바로 이때,
먹구름이 채 가시지 않은 저녁이라고 생각했다. 이
때 세상의 대기는 어둠을 머금고 있는데 그 어둠은
다시 빛을 머금고 있다. 이 이중의 얼룩짐의 시간
에 태양은 가장 찬연하고도 부드럽게 어둠을 물들
인다. 태양을 속에 품은 어둠은 차마 그 빛을 다 가

리지 못한 채 세상에 내려앉아 있다.

　　　지하철에서 내려서도 여전히 그 광경이 펼쳐져 있어 나는 부리나케 집에 돌아와서는 아내에게 "밖을 좀 봐. 세상이 너무 아름다워. 이런 날은 1년 중에 얼마 없어" 하고 소리쳤다. 아내는 "나도 보고 있어" 하고 잔잔하게 대답했다. 나는 베란다로 가서 창문과 방충망을 활짝 열고 펼쳐진 세상을 바라보았다. 그때 동쪽으로 커다란 무지개가 보였다. 몇 년 만에 본 무지개였다. "빨리 와! 무지개야!" 아이가 먼저 쪼르르 달려왔다.

　　　무지개를 본다는 것은 왜 그리도 행운처럼 느껴지는지, 어릴 적에는 자주 보았던 것 같은데 어느덧 무지개 볼 일도 드물어졌다. 아마 매일 사무실 같은 곳에서 머리를 처박고 있느라 고개 들어 저 하늘을 올려다볼 시간 자체가 별로 없기 때문일 것이다. 나는 아이에게 "무지개 끝에는 보물이 있어" 하고 설명해주었다. "무지개 끝에 가고 싶어?" "응." "다음에 자동차 타고 가보자." "좋아." 우리는 무지개의 끝에 가보기로 했다.

잠시 지나가는 바람이 집 안을 관통했고 나는 모처럼 시원한 계절감을 느꼈다. 이번 여름은 지독할 만큼 더웠는데 벌써 지나가는 걸까 싶기도 했다. 여름의 한가운데에서는 일의 의욕도 별로 없고, 매일 지치고, 기후위기와 인류 종말에 대한 암울한 생각이 자주 들기도 했다. 그러나 돌아오는 계절이, 여전히 뜬 무지개가 또 다른 마음을 속삭이는 듯하다. 인간은 별 수 없는 자연의 일부구나 생각한다. 마음은 계절처럼 흘러가고, 영혼은 자연의 흐름을 따라간다.

요 며칠 우연히 10대들의 로맨스 만화를 하나 봤는데 그 시절의 풋풋하고 순수한 소년 소녀들의 이야기가 그 자체로 무척 기분 좋게 느껴졌다. 물론 그렇다고 내가 그 시절로 돌아갈 수는 없는 것이고, 혼자 상상하길 아이도 커서 조만간 저런 첫사랑을 하겠구나, 첫 썸을 타겠구나, 그런 생각을 하면서 보게 됐다. 영락 없는 아빠 마음 같은 것인데 그런 아이들이 사랑과 삶을 시작하는 마음이랄 것이 참으로 귀엽고 또 응원하고 싶은 마음마저 들었다. 그게 무슨 마음일까 생각해보니 다름 아닌 '희망'이었다.

아이들은 계속 태어나고, 다시 사랑하고, 꿈을 꾸고, 미래를 추구하며, 그들의 삶을 일궈갈 것이다. 나는 그것이 아주 큰 희망으로 느껴진다. 삶에 설레고, 사랑하는 이에게 설레고, 꿈을 이어가는 일에 설레는 그 존재들의 시작이 어딘가에서 싹처럼 움트는 게 너무도 다행스럽고 희망적이고 아름다운 일로 느껴진다. 이 세상이 계속하여 그런 생명들이 싹트는 곳으로 남길 바라게 된다. 내가 사랑했던 그 모든 시절의 이야기들이 새로운 존재들에 의해 다시 반복되었으면 하는 것이다. 나의 아이도 사랑을 하고, 꿈을 꾸고, 웃고 울며 이 삶을 사랑하기를, 모든 아이들이 그러하기를 바라게 되는 것이다.

그것은 마치 계절이 돌아오는 데서 느끼는 감정과 거의 같다는 걸 알았다. 다시 세상은 시원해지고, 또 다시 생명이 움트는 계절이 온다는 것, 그것이 자연의 존재인 한 인간으로서 가장 큰 위안일 수 있다는 걸 느낀다. 이러니저러니 해도 인간은 희망을 바라는구나, 나 또한 무엇보다 희망을 좋아하는구나, 생각하는 것이다. 비 온 뒤 뜨는 무지개처럼 희망을 기다리는구나, 하고 말이다. 희망이 꺼지지 않고 이어지기를, 그렇게 간절히 원할 수밖에 없다는 걸 다시 느낀다.

그럼에도 육아

ⓒ 정지우, 2024

초판 1쇄 발행   2024년 4월 3일
초판 3쇄 발행   2024년 7월 25일

지은이   정지우
펴낸이   이상훈
편집1팀   이연재 김진주
마케팅   김한성 조재성 박신영 김효진 김애린 오민정
펴낸곳   ㈜한겨레엔 www.hanibook.co.kr
등록   2006년 1월 4일 제313-2006-00003호
주소   서울시 마포구 창전로 70 (신수동) 화수목빌딩 5층
전화   02) 6383-1602~3 | 팩스   02) 6383-1610
대표메일   book@hanien.co.kr
ISBN   979-11-7213-043-5 (03810)